폭식 광대

폭식 광대(큰글씨책)

초판 1쇄 발행 2018년 10월 15일

지은이 권리
펴낸이 강수걸
편집장 권경옥
펴낸곳 산지니
등록 2005년 2월 7일 제 333-3370000251002005000001호
주소 부산광역시 해운대구 수영강변대로 140 BCC 613호
전화 051-504-7070 | 팩스 051-507-7543
홈페이지 www.sanzinibook.com
전자우편 sanzini@sanzinibook.com
블로그 http://sanzinibook.tistory.com

ISBN 978-89-6545-562-2 03810

* 책값은 뒤표지에 있습니다.
* 이 도서의 국립중앙도서관 출판예정도서목록(CIP)은 서지정보유통지원시스템 홈페이지(http://seoji.nl.go.kr)와 국가자료공동목록시스템(http://www.nl.go.kr/kolisnet)에서 이용하실 수 있습니다.(CIP제어번호: CIP2018031439)

큰글씨책

폭식 광대

권리 소설집

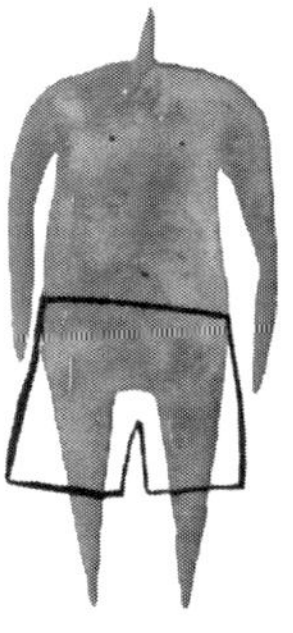

산지니

차례

광인을 위한 해학곡

오늘날 뭔가 좋은 생각이 떠올랐을 때 사람들은 이렇게 얘기한다.

“영감님이 오셨다”

이 말은 영감님의 말과 행위가 사회에 미친 영향을 증명한다. ‘영감님’이라는 말은 사람들이 ‘그의 작품을 보면 자연스레 영감이 온다’는 뜻에서 그를 존경하는 마음으로 붙인 애칭이다. 아이들은 팬시점에 가면 그를 닮은 캐릭터 인형과 캔디, 가방을 생일 선물로 사달라고 조른다. 학생들은 영감님의 높낮이가 확실하고 조금은 쉰 듯한 독특한 목소리가 녹음된 알람을 듣고 아침에 일어나고 젊은이들은 그의 캐리커처가 박힌 티셔츠를 입는다. 중년 여성들이 영감님의 그림이 인쇄된 우산을 쓰고 다닐 때, 중년 남성들 또한 이에 질세라 영감님의 넥타이나 담배 케이스를 산다. 그의 탄생은 마치 설화처럼 전해져 내려오고 있으며 심지어 그가 알에서 나왔다는 주장까지도 있다. 바야흐로 사람들은 우리의 주인공, 즉 한국이 낳은 세계적인 예술가이자 '세계연출가그룹'의 대부 장곡도에게 미쳐 있다.

장곡도는 생전에 몇몇 단어들을 본래의 뜻과 전혀 상관없이 썼다. 가령 사장은 '닭다리', 전쟁은 '거기', 섹스는 '사탕', 그리고 복상사는 '치통'이었다. 필자가 굳이 복상사라는 단어를 밝히는 이유는 그가 바로 복상사했기 때문이다. 이라크에서 거기가 발딱 일어났던 날, 그는 젊은 여자와 그의 작업실에서 사탕을 나누었다. '가장 행복할 때 사고사로 죽고 싶다'고 노래를 불렀던 그도 설마 자신이 치통으로 죽을 줄은 상상도 못했을 것이다. 그가 죽고 나자 자신이 장곡도의 친아들이라고 주장하는 인물들이 몰려들었다. DNA 검사를 받기 위해 사람들이 늘어선 줄의 길이만 해도 1킬로미터가 족히 넘었으며 그의 막대한 재산을 누가 받을 것인지에 관한 논쟁도 끊임없이 되풀이되었다.

사람들은 장곡도를 보면 궁금해한다. 예술이란 무엇인가? 창조의 원천은 어디서 나오는가? 과연 저 위대한 예술가에게 영향을 준 위대한 영감은 무엇일까? 이 질문에 대답하려면 적어도 '상처받은 암내 사건'을 빼놓고 말할 수는 없을 듯하다.

비가 세차게 내리던 7월의 어느 날, 한 젊은 아시아계 남자가 뉴욕 소호에 있는 작은 갤러리 '포 시즌'에 들어섰다. 그의 검은 양복 안에는 날카로운 중국제 나이프가 숨겨져 있었다.

브런치를 먹고 일요일 오후 2시를 느긋하게 즐기고 있던 관객들은 정확히 20분 뒤 무슨 일이 일어날지 전혀 예측하지 못했다. 사건은 사람들이 장곡도가 3년에 걸쳐 완성한 대작 〈맛이 간 사람들〉 앞에 둥글게 모여 섰을 때 벌어졌다. 갑자기 뭔가 '부욱!' 하고 찢어지는 소리가 났다. 사람들은 깜짝 놀라 자신의 핸드백과 쇼핑백을 움켜쥐며 뒤로 돌았다. 한지 위에 묵으로 그린 100호짜리 〈그녀의 암내〉가 불가사리처럼 불규칙하게 찢겨 있었다. 특히 에로티시즘을 완벽히 재연했다는 극찬을 받은 인물의 겨드랑이는 완전히 뻥 뚫려 바람을 맞고 있었다. 밖에서 이제 막 들어온 손님들은 우산의 빗물을 털기도 전에 이 기묘한 광경을 빤히 지켜보고 있었다. 어떤 할머니는 류마티스 관절염으로 15년째 고생 중인 다리를 이끌고 두 층을 올라가 큐레이터를 불렀다. 이런 소동이 벌어지는 와중에도 그 남자는 찢겨진 그림 앞에서 큰 소리로 웃고 있었다. 그의 괴상한 웃음소리는 마치 레퀴엠처럼 소름 끼쳤다. 큐레이터가 달려오기 전까지도 미친 레퀴엠은 계속되었다. 젊은 큐레이터는 안경을 치켜세우며 이 사태를 어찌할 줄 몰라 발을 동동 굴렀다. 그러나 남자는 NYPD에 체포되어 가는 도중에도 여유를 부렸다. 여자 경찰이 미란다 원칙을 불러 주는 동안 남자는 이렇게 외쳤다.

"영감님이 오셨다! 영감님이 오셨다!"

이 한국말을 알아들은 이는 아무도 없었다. 다행히 관절염

할머니에겐 존 헤럴드라는 똘똘한 손자가 있었다. 그는 뉴욕타임스에 이제 막 들어간 새내기 인턴 기자였다. 할머니의 분개한 목소리를 들은 착실한 손자는 곧바로 취재에 들어갔다. 위에서 시키지도 않았는데 갤러리에서 테러당한 그림을 찍어 왔다. 존 헤럴드의 기사는 다음 날 신문 사회면에 손바닥만 하게 실릴 뻔했다. 80퍼센트가 사진으로 된 두 줄짜리 기사였다. 기사의 내용은 이러했다.

'상처받은 암내-한국인 남자가 또 다른 한국인 화가 장곡도의 그림 〈그녀의 암내〉을 찢었다. 범인은 고종두라는 이름의 전직 화가로 밝혀졌다'

존 헤럴드는 입사한 이후 처음 쓴 이 기사가 너무도 자랑스러워 콜로라도에서 낚시업을 하시는 부모님과 사건 제보에 결정적 역할을 해 준 할머니, 그리고 평생 별 도움은 안 된 소꿉친구들에게 이 사실을 알렸다. 그렇게 해서 최소한 17명이 이 사건의 심각성을 알게 되었다. 하지만 고종두의 갤러리 테러 사건은 그날 오후 4시에 일어난 웨스트사이드 고등학교의 총기 사건에 밀려 다음 날 조간신문에서는 완전히 자취를 감추고 말았다. 존 헤럴드는 처음엔 크게 실망했지만 다행히 기사는 뉴욕타임스 인터넷판에 실릴 수 있었다. 물론 메인화면, 사회면, 이슈면, 토픽면, 그리고 팝업창으로 뜨는 BMW 광고 사이트를 삭제해야만 겨우 볼 수 있는 기사였지만 헤럴드는 행복했다.

만 하루 뒤에 5년째 뉴욕 특파원 생활을 하던 한국 TV의 김상만 기자는 뉴욕타임스 인터넷 기사를 보다가 폭발할 지경이 되어 갔다. 자꾸 IBM 노트북이 에러메시지를 내보냈던 것이다. 그는 한국에서 직접 가져온 보리차를 끓이면서 노트북을 마지막으로 재부팅하려고 했다. 그런데 갑자기 화면이 멈추더니 완전히 다운돼 버렸다. 노트북이 꺼지기 직전, 어떤 기사 한 줄이 그의 측두엽을 예리하게 스쳐 지나갔다. 우연이라고 하기엔 뭔가 더 강렬한 느낌이 있었다. 이상한 기분으로 회사에 돌아온 그는 데스크탑으로 뉴욕타임스의 기사를 쭉 훑어보았다. 웨스트사이드 고등학교의 총기 난사사건과 연봉 협상하는 일곱가지 방법에 관한 기사, 그리고 시도 때도 없이 뜨는 BMW의 자동차 팝업 광고를 클릭한 그는 15대를 구경한 뒤, 갑자기 신의 계시를 받기라도 한 듯 어떤 문구를 기억해 냈다.

상처받은 암내!

하늘에 계신 우리 아버지가 노트북을 열어 흰 화면에 '상처받은 암내!'라고 쓴 뒤 몸소 엔터를 쳐서 내려 주신 것처럼 그 단어들은 선명하게 다가왔다. 김상만 기자는 재빨리 BMW의 팝업창을 없애 버린 뒤 상처받은 암내에 관한 기사를 찾기 시작했다. 다행히 시간이 얼마 지나지 않아 기사는 오늘의 기사 목록의 중간 부분에 올라와 있었다. 이렇게 해서 죽음의 위기에 놓였던 '상처받은 암내'는 김상만 기자의 극적 인공호흡을 받고 되살아났던 것이다. 그가 9시 뉴스에서 당 사건을 보도

하자 일은 일파만파로 커졌다. 다음 날 한국의 종이 신문은 1면과 사회면에서 사건을 대서특필했다. 처음에는 대부분의 언론이 범인에 초점을 맞춰 보도하기 시작했다. 그림을 테러한 사람은 전직 화가이자 평론가인 고종두며 현재 무직이다. 단지 그림을 테러하기 위해 형편이 어려운 그가 미국까지 건너간 것은 의아한 일이다. 여기까지가 언론이 밝혀낸 범인의 행적이었다. 1주일이 지나도록 사건의 여파는 계속되었다. 그리고 이제 사건의 초점은 범인이 아니라 피해자로 옮겨 갔다. 인터넷 신문들이 '포 시즌 갤러리'에 걸렸던 〈그녀의 암내〉부터 〈맛이 간 사람들〉과 함께 아티스트 장곡도를 소개하자 이번엔 네티즌들이 나섰다. 그들은 장곡도가 이전에 그렸지만 별 반응은 얻지 못한 〈광인을 위한 해학곡〉 연작, 〈웃기는 녀석의 스케르찬도〉, 〈건방진 소녀소년〉 등까지 찾아내어 인터넷에 뿌리고 다녔다. 그러자 장곡도와 〈그녀의 암내〉는 인터넷 검색어 1위를 번갈아 석권하며 한 달 이상 왕좌를 내주지 않았다. 장곡도에 대한 관심은 인터넷과 종이 신문 사이를 핑퐁처럼 오가며 점점 커졌다. 언론에선 앤디 워홀이 저격당할 뻔한 사건으로 인해 국제적 명성이 드높아진 것처럼 장곡도도 그림 테러 사건으로 일약 스타가 되었다고 떠들었다. 그리고 때마침 찾아온 아트 펀드 붐에 힘입어 이 기현상은 기어이 폭발하고 말았다. 한국의 미술계는 장곡도를 '코리안 뉴웨이브 아트의 선두주자' 혹은 '화단에 몰래 들어온 늦깎이, 뒤늦게 천재를 발휘하다'라고 칭찬하기 시작했다. 얼마 후 장곡도의 그림 가격은 점점 거품을 물고 치솟기 시작했다. 원래 500만 원이었던 〈웃기는 녀석의 스케르찬도〉는 두 달 새에 5000만 원이 되었고 〈찢겨진 그녀의 암내〉는 그 희소가치를 높이 평가받고 28억 원에 낙찰되었다. 그러나 정작 코리언 뉴웨이브 아트의 선두주자이자 늦깎이 화가는 어리둥절해 할 뿐이었다. 가끔 그의 거품 인기를 시기한 기자가 "본인이 한국 화단을 이끌어가게 된 천재 예술가가 된 것에 대해서 어떻게 생각합니까?"라고 비아냥 섞인 질문을 했을 때 그는 이렇게 대답했다.

"본인은 예술가가 아니오. 세계연출가요."

*

고종두는 훗날 〈영감님이 오셨다!-장곡도의 삶과 예술〉이라는 장곡도 평전을 펴냈다. 이 책은 '영감님은 실수로 태어나 사고로 죽었다'라는 문장으로 시작한다. (이 문장은 13쇄 이후, 즉 장곡도가 죽은 다음에 새로 고친 내용이다.)

1948년 2월 30일 구로1동의 허름한 아파트에서 한 아기가 첫 울음을 터뜨렸다. 이름은 장곡도.

그가 태어날 당시 그의 부모님은 동거 중이었는데 거의 이별을 앞둔 상태였다. 그의 어머니 김애기 여사는 이별의 편지를 들고 남자친구 장준해 씨의 집에 갔다. 자신이 쓰던 칫솔이며 옷가지들을 여행 가방에 담기 시작했을 때 장준해 씨가 가지 말라며 그녀를 뒤에서 안았고 그 일이 있은 지 8개월 만에 그가 태어났다. 태어나자마자 장준해 씨는 장곡도를 버렸고 장곡도는 어머니 김애기 씨와 친할머니 박복자 씨 사이에서 이상한 동거를 시작했다. 장곡도는 1953년부터 1954년 사이에 따돌림을 당하며 지겨운 유치원 생활을 보내다가 1955년 초등학교 입학하는 날 학교에서 쫓겨난다. 이듬해에 구로2동에 있는 초등학교에 입학하지만 또 따돌림을 받고 만다. 1년간 부모님 몰래 결석하던 그는 구로1동의 학교로 돌아와 프로 축구 선수를 꿈꾼다. 중학교 2학년까지 그럭저럭 다니던 그는 학교를 그만두지 않으면 배를 갈라 놓겠다는 학교 어깨들의 요청으로 조용히 학계에서 물러났다. 그리고 심기일전, 최연소로 합격해 검정고시계의 신화를 일으키겠다고 투지를 불살랐다. 1962년, 15세의 나이로 대학 시험에 도전했지만 하필 그날 장염에 걸리고 만다. 시험에 떨어진 충격으로 그는 집에 칩거하며 단 한 명의 인간도 만나지 않겠다고 결심하기에 이른다. 그는 병원 침대에 누워 수없이 많은 시를 쓰고 그림을 그렸다. 이때가 그 유명한 '위대한 휴식'이다. '위대한 휴식' 시절, 그의 별명은 '침대 인간'이었다. 퇴원 후에도 계속 침대 생활을 고집했기 때문이다. 특별히 어디가 아픈 데도 없었지만 하루 종일 누워 있었다. 늘 가슴께가 늘어진 빛바랜 러닝셔츠에 팬티인지 반바지인지 분간이 안 가는 회색 체크무늬 숏팬츠를 입고 있었다고 한다. 오랜 침대 생활과 공상 생활을 하면서 그는 히

틀러, 폴 포트, 김정일 등에 심취하며 정치가의 꿈을 꾸기 시작한다. 어린 시절부터 또래 그룹으로부터 줄곧 소외당했던 경험은 그의 이단적인 예술 활동을 부채질했다.

고종두는 이 책의 끝을 다음과 같이 마무리하고 있다.

> *"그의 삶과 작품에 대해 분명 비아냥거리는 목소리가 들려오는 것도 사실이다. 생전에 그는 예술가가 가져선 안 될 그 상업성 때문에 많은 오해와 비판을 받았다. 그의 작품에 대해 '예술적인 게 아니라 저널리즘적'이라고 평가하는 사람들도 많다. 하지만 세인들이 생각하듯 그가 그렇게 돈에 절어 사는 계산적인 인물은 아니었다. 오히려 그는 순진한 눈을 갖고 있었다. 특히 한 집단에게만큼은 유독 순수한 눈을 갖고 있었다. 바로 어린이들이었다. 그는 질서에 복종하지 않는 유일한 집단인 어린이를 존경했다. 그들처럼 순진하게 사는 것이 그의 궁극적인 삶의 목표였다. 그는 아이들을 '배고픈 소녀소년'이라고 불렀다. 그리고 아이들이 칭얼거리는 소리를 '배고픈 소녀소년의 스케르초'라고 불렀다. (스케르초란 해학곡이란 뜻이다.) 그는 지나가는 어린이를 보면 이렇게 물었다. 배고프지? 넌 배가 고프잖아, 그치? 아들에 대한 그리움을 알아볼 수 있는 대목이다. 큰아들 실종 사건에 대한 죄책감은 그를 평생 괴롭히게 된다. 하지만 그는 자신에게 내려진 모든 불행이 자신에게 유리해지도록 재해석했다. 그는 우리 모두에게 그러한 긍정적인 에너지*

를 전달해 준다. 우리가 삶에서 특별한 아이디어를 얻었을 때 우리는 주저 없이 외친다. '영감님이 오셨다!'라고."

왜 고종두 같은 인물이 장곡도의 평전을 냈을까. 그 이유는 고종두가 '상처받은 암내' 사건이 있은 지 1년 후 유명한 미술 잡지 〈너희가 예술을 아느냐?〉와의 인터뷰에서 밝힌 충격적인 고백에서 드러난다.

"사실 그 사건은 일종의 퍼포먼스였습니다. 그림 테러, 경찰행, 언론 플레이, 모두 다 세계연출가그룹의 의도대로 된 것이었죠. 저는 그 일이 있기 한 달 전까지 장곡도 씨와 사전 모의를 한 끝에 미국으로 건너갔습니다. 그가 그러더군요. 이 일은 세계연출가그룹을 세상에 알리는 가장 큰 사건이 될 거라고. 저는 당시 이 그룹의 열혈 멤버였기 때문에 쉽게 이 일에 뛰어들었죠. 하지만 그 정도로 파장이 커질 줄은 몰랐습니다."

'상처받은 암내' 사건이 짜고 치는 고스톱이었다니! 그 사실을 접한 미술계 사람들은 충격에 휩싸였다. 그러나 그의 말엔 일리가 있었다. '상처받은 암내' 사건 중 고종두는 뉴욕의 시립 교도소에 수감되어 간단한 심문 끝에 석방조치를 받고 열흘 만에 풀려난 사실이 뒤늦게 밝혀진 것이다. 시사 토론 프로그램에서는 이 사람의 예술이 사기냐 아니냐를 놓고 연일 공방을 벌였다. 장곡도의 뒤에 비호세력이 있다는 둥, 그것이 거대한 폭력 조직이라는 둥의 소문만 무성했다. 그러나 사건의 전모는 좀체 드러나지 않았고 고종두의 고백 사건의 여파도 점점 수그러들었다.

한편, 대구에 사는 어느 대학생은 고종두의 베스트셀러에 의심을 품고 있었다. 고종두는 장곡도가 2월 30일에 태어났다고 했지만 대체 2월 30일이란 건 어느 행성의 달력에서 나온 날짜인가? 그 대학생은 자크 데리다의 프로필을 읽으면서 확신을 굳혔다. 그가 조사한 바에 따르면 자크 데리다 역시 학교에서 쫓겨나고 학교를 결석했으며 프로 축구 선수를 꿈꾸었고 바칼로레아 시험에 떨어진 경력이 있었다. 즉 고종두는 지드, 니체, 발레리를 히틀러, 폴 포트, 김정일로 바꿨을 뿐인 것이다. 그 사실을 알자마자, 대학생은 장곡도에 관해 직접 조사해 보기로 결심한다. 그가 바로 이 책을 쓰고 있는 필자이다.

나는 고종두와는 달리 영웅 신화처럼 보이는 평전을 지양한다. 나의 임무는 영웅이 없는 시대에 영웅이 된 한 인물의 베일을 한 꺼풀 벗김으로써 우리 시대가 원하는 인물상을 탐구해 보는 데 있다.

나는 여러모로 장곡도와 만나려 시도했으나 만남은 매번 불발되었다. 장곡도 쪽 에이전시에서는 건강상의 이유로 언론이나 기타 인터뷰 등을 꺼렸고 나같은 평범한 대학생에게는 좀체 기회가 찾아오지 않았다. 그동안 나는 장곡도에 관해 나온 책 42,318권을 하나하나 뒤져서 하나의 프로필을 재구성할 수 있었다.

* 장곡도(화가)

10세에 축구 선수 선발전 탈락.

12세에 발목 부상으로 입원.

15세에 첫 번째 여자에게 차임.

20세에 두 번째 여자가 바람을 피워 헤어짐.

22세에 첫 번째 부인 전영미와 결혼했으나 3개월 만에 파경. 이유는 남편의 무능력 때문. 그해 겨울, 속도위반으로 낳은 큰아들 래몽이 실종됨.

23세부터 30세 사이의 행적에 대해선 밝혀진 바가 없음.

30세에 두 번째 부인 주한영과 결혼. 아내가 다른 남자와 바람을 피운 뒤 가출함.

요컨대 그의 인생의 초반부는 실패의 연속이었던 셈이다. 그러나 낙천적인 그는 한 번도 자신의 패배를 인정한 적이 없다. 중학 시절, 옆 학교와의 축구 시합 때 그가 장렬하게 쏘아올린 자살골로 2:0(그의 자살골만 자그마치 2골이었다)으로 졌음에도 그는 그저 뒷머리를 긁적이며 '실수했네!' 하고는 혀를 낼름 내미는 것이 다였다.

그러나 그런 낙천적인 성격도 아들을 잃어버린 충격 앞에선 무용지물이었다. 아마도 23세 이후, 행적이 알려지지 않은 7

년간 그는 계속 침대에 누워 있었던 것으로 보인다. 아마도 그 시기에 세상에 대한 공포심이 얼마나 컸는지는 아들을 잃어버린 지 7년이 되는 날 적은 일기에도 고스란히 나타나 있다.

> *나는 밤마다 공포를 느꼈다. 살점을 떨리게 하는 공포, 겨울밤 흰 눈이 쌓인 조용한 길을 걸어가는 공포, 좋은 일에도 무서워할 줄 아는 공포. 공포가 광인을 낳았다. 공포가 광인을 천재로 만들었다. 천재는 악마의 스케르초를 듣는다. 아스트랄한 언어의 향연. 곧이곧대로 들어선 절대 들을 수 없는 음악들. 흔한 발상으로는 이해될 수 없는 리듬감. 건방진 소년을 위한 스케르초는 이 모든 아름다움을 갖고 있다.*

침대 생활이 길어지면서 그의 뇌에도 약간의 변화가 생겼다. 그가 흠모했던 정치가처럼 자신도 천부적인 세계연출가라고 자부하였다.

혹시 당신이 아직 '세계연출가그룹'이라는 말을 들어 본 적이 없다면 상당히 불운한 것이다. 여기에 장곡도가 대중을 위해 쓴 책이 있다. 바로 『알기 쉬운 세계연출가그룹의 이해』(판당사)라는 것이다. 이 책의 출판 당시 약간의 잡음이 있었다. 장곡도가 판당사의 편집 방향에 대해 철저히 반대했던 것이다. 판당사는 '알기 쉬운' 따위의 상업적인 냄새가 폴폴 풍기는 제목을 거부했으나, 장곡도는 끝까지 대중서는 대중서다운

제목이 필요하단 이유로 출판사의 뜻을 무시했다. 하지만 출판사는 책 표지에 자신의 얼굴을 커다랗게 도배해 달라던 요청도 무시하고 촌스러운 연한 격자무늬 표지를 만들었다. 장곡도는 실망이 큰 나머지 한때 자고 나면 머리칼이 한 움큼씩 베개에 묻어 나올 정도로 스트레스가 심했던 것으로 알려져 있다. 잡음이야 어찌 됐든 이 책은 판당사의 네임밸류에 힘입어 대형 서점의 비소설 부문 베스트셀러에 13주간이나 머물러 있었다. [14주째에 이 책을 밀어낸 얄미운 책은 10년 전 절판되었다가 제목과 표지를 바꿔 다시 출간한 『보다 알기 쉬운 생활 의학의 이해』(판당사)였다.]

그럼 독자 여러분의 이해를 돕기 위해 『알기 쉬운 세계연출가그룹의 이해』의 서문을 잠깐 살펴보기로 한다.

세계는 의심과 회의의 시대에서 불안과 경악의 시대로 넘어왔다. 불안은 공포로 변형되었고 공허와 권태가 세상을 지배하고 있다. 하이데거가 예언한 '공허의 시대'가 도래한 것이다. 그러나 공허의 시대에 역설적으로 사람들은 매우 자극적인 소재를 찾아 부유하는 삶, 즉 깊이 없으며 산만한 삶을 살게 되었다. 현대는 그야말로 '영감(靈感)이 고갈된 시대'이다. 지금 과연 정치적으로 올바른 삶이라는 것이 가능할까? 가령 예술이라는 분야를 보자. 사람들은 멀쩡한 넥타이를 싹둑 자르고 멍청하게 생긴 수프 깡통을 쌓아 올려 놓고 예술가란 호칭을 얻

기를 원한다. 새로운 예술이라는 것은 지루하고 유치한 장난과 동일시되었다. 끔찍하게 추상적인 개념의 장난이 예술이란 이름으로 둔갑하여 구경꾼의 눈을 흐리고 있다. 예술 역시 정치의 영역으로 넘어온 것이다. 세계연출가그룹은 이처럼 구경꾼의 눈을 흐리는 구태의연한 정치적 수법을 깨기 위해 탄생한 조직이다. 그러나 세계연출가그룹은 놀라울 정도로 혁신적인 사상에도 불구하고 오랫동안 단 한 명으로만 유지되었다. 이제 이 조직의 관심이 세상 밖으로 확대되어야 할 시대가 왔다. 과연 세계를 어떻게 연출할 것인가?

요컨대 그는 예술로서 세계를 연출해 보고자 하는 거대한 야심이 있었던 것으로 보인다. 그러나 이 글을 전적으로 믿기에는 상당히 미심쩍은 부분이 엿보인다. 훗날 장곡도의 어머니 김애기 여사는 다음과 같이 장곡도의 주장을 반박했다.

"걘 어수룩한 척했지만 상당히 능글맞았어요. 잔머리 하나는 기막히게 굴렸죠. 잔꾀는 금방 들통나니까 거짓말 같은 건 하지 말라고 그렇게 말했는데, 다 제 탓입니다. 내 배 아파 낳은 자식이지만 왠지 정이 안 가는 애예요."

나는 여기서 그치지 않고 좀 더 자세한 내막을 알기 위해 장곡도의 생활기록부를 뒤졌다.

기록에서 그는 그다지 독창적인 학생은 아니었던 것으로 보인다. 미술부 선생님의 평을 봐도 이 사실을 알 수 있다.

'이 학생은 남의 그림 스타일을 흉내낼 뿐 자기 그림은 그릴 줄 모릅니다. 수채화를 그릴 때는 남의 붓 터치를 따라 하곤 합니다. 이 아이의 그림에는 거짓이 숨어 있어요.'

그의 모방 수법은 비단 미술에만 국한된 건 아니었다.

그와 중학교 동창이며 그 중학교의 전교 1등을 독차지했다는 한정남 씨의 의견을 들어보자.

"곡도랑 저는 1학년 때 짝이었어요. 근데 곡도가 자꾸 제 글씨체를 흉내냈어요. 당시 저는 위아래로 길쭉한 제법 어른스런 글씨체였는데 그걸 고대로 따라하더군요. 약간 장난기가 발동해서 어느 날부터는 동글동글한 글씨체로 바꿔 보았습니다. 그랬더니 그의 글씨체도 곧 동글동글해졌지요. 당시 제가 성적이 좋으니까 저를 역할 모델로 삼은 게 아닌가 싶습니다."

아무리 모방은 창조의 어머니라지만, 이 구제불능의 표절꾼이 나중에 놀라울 정도로 독창적인 퍼포먼스를 한 사실은 상당히 의외이다. 중학교 이후 제도 교육을 받지 못한 것이 그에게 긍정적인 영향을 미쳤던 것일까? 나는 이 평범한 화가 지망생이 어떻게 천재예술가가 되었는지 점점 궁금해졌다. 그래서 장곡도의 에이전시와 수백 차례 연락한 끝에 어렵사리 장곡도의 이메일을 알아내었고 그 앞으로 직접 메일을 보내는 데 성공했다. 메일의 제목은 이러했다.

'저는 쇼팽의 〈야상곡〉을 조금 연주할 수 있습니다.'

내가 쇼팽 운운한 것은 장곡도 관련서에서 우연히 그가 쇼팽의 팬이라는 사실을 알았기 때문이다. 나는 음악에 거의 문외한이었기 때문에 막상 메일을 보내놓고도 답장이 오지 않기를 내심 바랐다. 그러나 원래 걱정하는 일은 답변이 빠르기 마련이다. 나는 보름 후에 오라는 초청을 받고 피아노 과외까지 받아 가며 그 곡을 연습했다. 하지만 중학교 이후로 피아노는 접은 상태라 곡을 매끄럽게 치기에는 많은 무리가 따랐다. 나는 부담감과 긴장감을 가득 안고 장곡도가 젊은 부인과 함께 살고 있다는 평창동 저택으로 향했다. 그의 집 근처에는 유난히 언덕이 많았고 곳곳에는 일반 주택을 개조한 갤러리가 눈에 띄었다. 그의 집은 포르셰가 일렬로 늘어선 어느 골목에 자리잡고 있었다.

그의 집에서 가장 눈에 띄는 것은 아이의 조각이었다. 어린아이가 물구나무를 서고 있는데 옆으로 쓰러질 듯 말 듯한 포즈가 압권인 목조 조각품이었다. 1993년도 작품이라고 씌어 있는 안내문을 슬쩍 보고 집으로 들어갔다. 집에서는 기품이 느껴졌는데 확실히 내가 생각하는 예술가 타입의 기품과 일치했다. 신발을 터는 발닦이의 편안함에서 나의 비장한 각오는 슬며시 기가 죽었다. 나는 슬슬 장곡도를 어떻게 궁지로 몰아넣을 것인가, 라는 고민에서 멀어지고 있었다.

처음 본 장곡도의 모습, 그 첫 만남의 설렘을 어떻게 다 말로 할 수 있을까. 그는 위아래로 검은 셔츠와 바지를 입고 있는 것이 마치 죽음을 기다리고 있는 사형수의 모습 같았다. 머리는 거의 다 빠지고 없었다. 그러나 눈빛만은 맑고 건강했다. 간간이 터져나오는 기침 탓에 얼굴이 자주 일그러졌지만 다시 완만히 피부가 펴지는 것을 보며 뭔가 신선함을 느꼈다. 그의 얼굴 안에는 아이의 모습이 들어 있었다. 내가 현관에 들어섰을 때 그는 피아노 건반을 두드리며 기침을 하고 있었다. '기침을 하자, 기침을 하자'의 기침이었다. 또 그 기침은 타인과 정상적인 어법으로 소통하지 않겠다는 선언처럼 들렸다.

그는 오랜 감옥 생활로 인해 결핵에 걸렸다며 마치 식민지 초기의 지식인 같은 눈을 하고 나를 바라보며 이렇게 말했다.

"나는 무죄로 체포된 세계 연출가라오."

나는 '별것 아닌 일로 감옥에 들어온 정치인'이라고 연거푸 주장하는 그의 말을 처음엔 전혀 알아듣지 못했다. 누구도 그의 괴상한 우언법 앞에선 '두려움'이란 단어를 떠올리게 될 것이다. "내일 갔었다, 혹은 어제 갈 것이다"라고 하는 건 예사였다. 가령 "넌 슬프구나"라고 말하고 싶다면 그는 "2인칭 대명사는 울고 싶어지도록 마음이 아픈 게로구나."라고 재해석하는 것이다. 하지만 이것도 우언법 초급자에 대한 호의일 뿐이다. 그는 사실 "사람이 상대방의 이름대신 가리키는 대명사는 눈물을 흘리면서 소리를 내고 싶도록 사람의 몸에 깃들여서 정신활동을 하는 주체가 얻어맞거나 다치거나 몸에 이상이 생겨서 괴로운 느낌이 있는 것 같다"라고 말하고 싶었는지도 모른다. 만일 누군가 그에게, "당신은 사회에 대한 특별한 태도가 있는가?"라고 물으면 그는 "거절을 표현하는 간단한 말"이라고 답했다. 그냥 "아니오"라고 해도 될 말을 그는 실어증 환자처럼 복잡하게 표현하고 있는 것이다. "당신도 가끔 슬프세요?"라고 물으면 그는 "사죄를 표현하는 간단한 말"이라며 직접적인 대답을 회피했다. 가끔 그는 문장을 꿔바 말기하도 였하다. 그래서 측예불가한 의미를 고갖 었있다. 랑그와 파롤의 불일는치 대중게에 은많 영감을 주었다.

우언법은 기기묘묘한 무기였다. 그 말의 진의를 파악해 내려면 그의 어법 전체에 통달하지 않으면 안 되었다. 그의 앞에 있으면 정상적인 어법으로 얘기하는 사람들이 오히려 세상을 오독하고 있는 것처럼 보였다. 만일 그가 정치가였더라면 그의 잘못된 문법이 연일 도마에 오르내렸을 것이다. 그러니 그는 예술가였기 때문에 그런 비문조차도 예술적인 언어 구사능력의 하나로 여겨지고 말았다. 내가 그의 어법 앞에서 당황해 하고 있을 때 그의 부인으로 보이는 젊은 여자가 다가왔다. 그녀는 소매 없는 연둣빛 파스텔톤 원피스를 입고 있었는데 몸매가 늘씬했다. 그녀가 내게 홍차와 쿠키를 권하면서 말을 걸었다.

"원래 처음 보는 분한테는 곧잘 장난을 치세요. 하지만 곧 풀어지실 거예요."

피부며 머릿결, 목소리까지 완벽한 여자를 보자 나는 예술가라는 부류에 대해 조금 지겨워진 느낌을 받았다. 평생 원하는 것을 하면서도 끝내 원하는 것을 얻지 못하는 것이 바로 예술가가 아닐까. 장곡도는 눈을 감고 홍차 내음을 음미했다. 차의 향기가 방 안을 퍼져 나가는 동안 그의 장난기도 조금은 누그러드는 듯했다. 장곡도의 부인은 피아노 뚜껑을 열더니 부드러운 음성으로 이렇게 말했다.

"쇼팽을 칠 줄 안다구요?"

나는 방문 목적도 잊고 있었음을 뒤늦게 깨닫고 고개를 끄덕였다. 그녀의 매혹적인 손가락 곡선을 보면서 나는 왠지 모를 불편함을 느꼈다. 젊은 여자가 초로의 남자와 사는 모습이 질투 나서는 아니었다. 나는 그저 그 두 사람의 전형적인 어울림이 싫었던 것이다. 하얀 이를 드러낸 피아노를 보자 왠지 두려워졌다. 〈야상곡〉은 그나마 가장 자신 있게 칠 수 있는 곡이기는 하지만 이런 분위기에서는 예외였다. 피아노가 선술집이나 조용한 카페 구석에 놓여 있는 것이라면 몰라도. 나는 적어도 그 분위기에서 헤매지 않기 위해서 애를 썼다. 조용한 바의 직업 피아니스트라고 생각하며 나는 피아노에 앉았다. 드디어 첫 음을 시작했다. 그러나 두 소절이 지나면서부터 조금씩 헤매더니 왼손의 음이 하나둘씩 틀렸다. 결국 나는 중간 부분에서 손가락을 멈추었다. 장곡도의 부인은 약간 당황해 하는 눈치였다. 장곡도 역시 감고 있던 눈을 떴다. 그는 뭔가에 크게 놀라고 있었다. 나는 뭔가 큰 실수를 한 것 같아 조마조마해하고 있었다.

"피아노를 어디서 배웠나?"

갑자기 직업 피아니스트 구인 광고를 보고 찾아온 아르바이트생이 된 기분이 들었다. 나는 말을 조금 더듬거렸다.

"저희 집에 가정교사가 오셨어요. 일주일에 두 번씩."

"좋은 환경에서 자랐나 보구만."

장곡도에게선 왠지 사람을 압도시키는 힘이 있었다. 나는 그의 에너지 장악 능력에서 벗어나고 싶어서 장곡도의 부인 쪽을 열심히 쳐다보았다. 그녀는 따로 떨어진 분홍색 일인용 소파 위에 앉아서 다리를 꼬고 있었다. 스타킹 신은 다리가 매끄러웠고 가죽 슬리퍼가 발끝에서 떨어질 듯 말 듯한 모습이 왠지 긴장감을 자아내게 했다.

"내 아들이 그 곡을 곧잘 쳤었지. 나는 그 곡을 끝까지 듣고 싶었지만 끝내 들을 수 없었다네. 죽기 전엔 그 아이를 만날 수 있으리라 생각했는데."

그 말을 듣고 무릎에 올려놓은 수첩과 볼펜을 떨어뜨리고 말았다. 다행히 그것들은 카펫 위에서 조용히 몸을 굴렸다.

"한 3일간 우리 집에 있어 줄 수 있겠나?"

장곡도의 말에 나는 얼떨결에 고개를 끄덕였다. 그러자 그는 흐뭇한 표정을 지으며 방으로 들어가 버렸다. 대화를 이런 식으로 끝내다니, 장곡도는 정말 괴팍한 사람이었다. 남겨진 나와 장곡도의 부인은 그 덕분에 처절할 정도로 어색한 시간을 보냈다. 우리는 거의 10분 동안 한마디도 없었다. 장곡도의 부인이 내게 건넨 가장 긴 말이 "집이 어디세요?"였을 정도였다.

장곡도의 부인은 내게 손님용 방을 내주었다. 그곳은 미술 관련 서적이 빼곡히 차 있는 조그만 방이었다. 장곡도가 담배를 많이 피웠던 방인지 담배 냄새가 심하게 났고 벽에는 담뱃불을 지진 자국이 가득했다. 그날 밤, 내가 야구 중계를 라디오로 들으며 잠을 청하려는데 누군가 노크를 했다. 나는 주섬주섬 옷을 챙겨 입고 문을 열었다. 그곳에는 장곡도가 서 있었다. 그는 잠깐 자신의 이야기를 들어 줄 수 있겠냐고 물었다. 나는 흔쾌히 응낙하며 책장에 등을 기대고 앉았다.

*

이야기는 장곡도의 미국 데뷔 시절로 거슬러 올라간다. 그는 예전부터 미국이 위대한 나라라고 생각했다. 미국은 앤디 워홀이나 잭슨 폴록 같은 위대한 예술가를 배출한 나라이므로 세계연출가를 꿈꾸는 그로서 세계 예술의 중심지를 한번도 돌아보지 못한다는 것은 말이 안 되는 일이었다. 그가 뉴욕행을 결심한 것은 바로 이러한 순수한 '견학'의 차원이었다.

그러나 미국행은 만만치 않았다. 우리의 슈퍼 히어로는 처음엔 미국 비자조차 없었던 인물이다. 그는 직업이 화가였을 뿐 특별한 수입이 없었다. 그는 프리랜서 신분으로 미국 영사관에 관광 비자를 신청하러 간다. 당시 그가 가지고 간 서류만도 15가지가 넘는다. 여권, 인터뷰예약확인서, 비자 신청서, 미국 비자용 사진, 호적 등본, 통장 사본, 추천서, 작업 포트폴리오, 영문 은행잔고증명서, 월세계약서 복사본, 국제운전면허증, 명함, 의료보험증 등을 준비한 그는 당당하게 비자를 신청했다. 인터뷰를 겨우 마쳤지만 미국 비자는 나오지 않았다. 그가 비자를 거부당한 것은 세 차례나 되는데 처음에는 체류 목적이 불분명하단 이유였고 두 번째는 비자 신청서에 이름을 잘못 쓴 탓이었다. 세 번째는 인터뷰 때 영어 구사능력이 떨어져서였다. 그는 절치부심하여 꼼꼼히 비자를 준비했고 1년 반 만에야 비로소 유학 비자로 미국 땅을 밟을 수 있게 되었다.

미국에 도착한 지 한 달이 지났을 때 그는 생활비 압박에 허덕이고 만다. 어학원 대신 부지런히 일거리를 찾아다니던 그는 우연히 '모던아트 갤러리 인 뉴욕'이라는 고급 갤러리 안에 있는 레스토랑에 취업을 하게 되었다. 그가 하는 일은 극히 단순했다. 포도주가 들어오면 그것을 저장고로 옮기고 쓰레기를 치우면 되는 일이었다. 그곳에선 고급 식기만을 썼기 때문에 설거지조차 이 나이 많은 황인종에겐 주어지지 않았다. 그는 가끔씩 와인병이 깨져 있기를 바라며 포도주 통 옮기는 일에 최선을 다했다. 어느 날 그는 좀 이상하게 생긴 포도주 통이 주방에 놓여 있는 것을 보았다. 그것은 사각으로 된 나무 상자였는데 포도주 냄새만 날 뿐 정작 포도주 병은 없었다. 대신 양초 조각이 상자 구석에 덕지덕지 붙어 있던 흔적과 끈적

끈적한 와인 찌꺼기가 남아 있었고 지독한 생선 비린내도 났다. 그는 그 지저분한 상자를 깔끔하게 씻어서 싱크대 옆 벽에 세워 두었다. 물이 뚝뚝 흐르긴 했지만 금세 마를 것이라고 생각하고 그는 자리를 비웠다.

1시간 뒤 누군가 "미스터 장!"이라고 고래고래 소리를 질렀다. 그곳에는 매니저와 부주방장, 그리고 낯선 사람들 셋이 와 있었다. 모두들 눈을 부릅뜬 채 금방이라도 장곡도의 따귀를 때릴 것 같은 표정으로 서 있었다. 그중에서 가장 심기가 불편해 보이는 반백의 여자가 소리를 질렀다. 장곡도는 영어가 짧아서 내용이 다 귀에 들어오지는 않았지만, 'crazy'나 'bastard' 등의 욕은 똑똑히 들을 수 있었다. 그녀의 말은 이러했다. 장곡도가 '모던아트 갤러리 인 뉴욕'의 대표작가인 '미스터 멜랑콜리'의 신작을 완전히 엉망으로 만들었다는 내용이었다. 여자는 한쪽 벽에서 거의 다 말라 가는 깨끗한 나무 상자를 들고 왔다. 그리고 알아들을 수 없는 말로 또다시 설명하기 시작했다. 그녀의 말인즉슨, 포도주 찌꺼기가 붙어 있는 이 나무 궤짝이 최근에 가장 잘나가는 '와인 시리즈'의 하나인 〈와인 Ⅳ〉에 해당한다는 것이었다. 그녀는 작품의 가치와 현대미학적 의미 등을 거론하며 적어도 미화 30만 달러의 손해를 봤다고 역설했다.

장곡도는 그날부터 잠이 오지 않았다. 매일 밤 만취 상태에서 유서를 썼다. 그리고 술에서 깰 쯤에는 유서를 찢어 베개

밑에 깔았다. 베개의 경사가 점점 높아져서 목에 통증이 심해지게 되자 뭔가 억울한 생각이 들었다. 〈와인 Ⅳ〉가 얼마나 대단한 작품인지 솔직히 그는 알지 못했다. 다만 그것이 동네의 과일상에 가면 쉽게 손에 넣을 수 있을 만한 궤짝 나부랭이라는 것쯤은 알 수 있었다. 그는 어느 날 술을 잔뜩 마시고 '모던 아트 갤러리 인 뉴욕'에 들어갔다. 그의 손에는 5킬로그램짜리 도끼가 하나 들려 있었다. 그는 미스터 멜랑콜리의 〈와인 Ⅳ〉 앞에 서서 거친 숨을 몰아 쉬었다. 그리고 있는 힘껏 그 위대한 궤짝을 향해 도끼를 내리 찍었다. 갤러리 안은 금세 아수라장이 되었고 경찰과 언론이 급히 출동했다. 그는 공공작품 훼손 및 공무집행 방해죄까지 더해져 교도소에 갇히는 신세가 되고 말았고 미스터 멜랑콜리의 에이전시는 장곡도에 대해 소송까지 제기했다. 그러나 그의 도끼 난동 사건은 점차 신기한 기류를 타게 된다. 저명한 미술 잡지 'HUM'의 수석 평론가인 마이클 처치가 장곡도의 도끼 난동 사건을 '도끼 퍼포먼스'라고 명명한 것이다. 그는 이렇게 적고 있다.

"동양의 무명 작가가 매너리즘과 나르시시즘에 빠진 채 3년째 비슷한 범작을 내고 있는 미스터 멜랑콜리에 대한 반기를 들었다. 이것은 우리 미국 미술계의 허점을 날카롭게 짚은 역사적인 일이다. 그의 눈은 정확하다. 장곡도가 있어야 할 곳은 교도소가 아니라 작업실이다."

마이클이라는 대평론가가 동양에서 온 낯짝도 모르는 이

불한당을 미국을 대표하는 그 거대한 작가의 아성에 도전한 용기 있는 신인작가로 봐 준 것은 의아한 일이다. 어쨌든 마이클 처치의 문제제기를 시작으로 장곡도의 행위가 과연 용기인가, 범죄인가에 관한 논쟁이 미술학자들 사이에서 일었다. 이 시기는 훗날 '장곡도의 우연한 불행'의 시기라고 불린다. 그러나 그때도 장곡도는 결코 좌절하지 않았다. 완벽히 예술이라는 허구 정신 앞에 눈을 뜨게 되었기 때문이다. 그는 본격적으로 축복받은 땅 미국에서 부활할 새로운 전략을 벌인다. 그것은 그가 본격적으로 예술가가 되기 위한 작업을 벌인다는 뜻이다. 그는 다음과 같은 가설을 세웠다.

"예술가들은 전략적으로 신화가 되는 방법을 연구한다."

어느 날 장곡도의 구명 운동에 적극 앞장서고 있던 마이클 처치가 교도소를 방문해 온다. 동성애자였던 마이클 처치는 장곡도를 보고 운명적으로 끌리고 말았다. 마이클은 장곡도에게 '당신의 행위는 정당했으며 내가 작가로서의 길을 열어 주겠다'고 말했다. 마이클의 도움으로 장곡도는 석방되었고 그는 뉴욕에서 가장 비싼 동네에 개인 아뜰리에까지 갖는 호사를 누렸다. 마이클은 미스터 멜랑콜리의 작품을 '개념만 가득하고 본질은 없는 아류'라고 끊임없이 비꼬았고 '우리 시대의 평단은 미스터 멜랑콜리의 거짓 퍼포먼스에 더 이상 놀아나지 말아야 한다'고 냉정히 말하기도 했다. 마이클과 장곡도는 이미 미국 미술계에서는 유명한 커플이 되었다. 그러나 장곡도가 '예술은 창조가 아닌 파괴다'라고 역설하며 기존의 미술품을 파괴하는 일명 '작품 테러 퍼포먼스'를 계속하면서 둘 사이는 삐거덕거리기 시작했다. 장곡도의 인기는 점점 높아졌지만 마이클은 장곡도의 작품들을 '인기영합주의적인 자기 파괴 행위'라고 비꼬기 시작했다. 두 사람은 만난 지 7년 만에 헤어졌다. 그러나 이미 장곡도의 입지는 마이클이라는 백그라운드가 없어도 될 만큼 커져 있었다. 그는 뉴욕과 LA, 시카고, 댈러스 등의 유명 갤러리를 순회하면서 '우상 파괴' 작업을 계속해 나갔고 마침내 프랑스, 독일, 스페인, 이탈리아 등지에서 자신의 퍼포먼스를 공연할 수 있었다.

장곡도가 마이클과 결별한 지 3년이 흐르자, 장곡도의 작품에도 변화가 생겼다. 그는 자신을 유명하게 만든 '테러 퍼포먼스'를 그만두고 자신만의 작품 만들기에 몰두한다. 그것은 누드 퍼포먼스였다. 낯선 남자가 갑자기 평온한 마을을 발가벗은 채 돌아다닌다고 생각해 보라. 얼마나 낯 뜨겁고 황당한 일이겠는가. 총 12개 주에서 주민 신고가 들어왔고 80대 노인은 충격을 받고 쓰러진 일까지도 있었다. 그러나 그는 논란의 중심에서 더 활발한 작업을 했다. 수십 명의 사람들이 발가벗고 한 동네를 방문해 문을 열고 달아나는 일명 '숨바꼭질 퍼포먼스'는 그에게 '아터리스트(art-terrorist)'라는 불명예를 안겼다. 그렇게 그는 수없이 감옥을 들락거렸지만 덕분에 인기는 한없이 올라갔다.

"그렇게까지 파괴적으로 작품 활동을 하려는 이유가 뭔가요?"

나는 궁금증을 참지 못하고 이렇게 물었다.

"인기를 끌기 위해서는 두 가지 방법이 있어. 함께 있으면 도움이 될 만한 스승이나 연인을 만나거나 아니면 자신을 절대적으로 싫어하는 사람을 만드는 일이지."

내가 떠나기 전날 밤 장곡도는 노트 한 권을 들고 방에 찾아왔다. 그 노트가 바로 그의 자서전적 일기 『광인을 위한 해학곡』이다. 나는 그가 내게 처음 그것을 건넸을 때의 일을 잊을 수 없다. 노트의 겉면에는 분명히 '나의 아들 래몽에게'라고 씌어 있었다. 집을 방문해 줘서 고맙다는 뜻으로 노트를 선물하겠다는 그의 말에 갑자기 형편없는 나의 〈야상곡〉이 떠올랐다. 그 어설픈 피아노곡을 듣고 장곡도가 자신의 아들을 연상하기라도 한 것은 아닌가 하는 생각에 마음이 편치 않았다.

"저는 당신 아들이 아닙니다."

"내게도 아들 따윈 없네."

나는 잘못 들은 줄 알았다. 그러나 그는 자신의 말이 사실이라면서 래몽은 자신의 환상이 만들어 낸 아들이라고 했다. 혹시 그는 자신의 죽음을 예감했던 것일까. 왜 그런 황당한 고백을 하필 내게 한 것일까.

"영감은 눈에 보이지 않는 것이지. 나는 어쩌면 평생 잃어버린 아들을 찾아 세계를 헤매고 다녔는지도 몰라."

그는 건강이 악화돼 재작년에 영구 귀국한 뒤에도 언제나 알쏭달쏭한 말과 행동으로 사람을 혼란스럽게 했다. 미적인 착각을 주는 일이 예술가의 임무라고 생각했던 것이다. 뭔가를 확실히 전달하고 싶다면 우체국에 취직해야 한다는 게 그의 주장이었다. 하지만 나는 그의 선물이 몹시 부담스러울 뿐이었다. 그러나 선물은 거기서 그치지 않았다. 유산으로 내게 엄청난 작품을 남겼던 것이다. 그것은 내가 3일간 머문 바로 그 방이었다. 내가 보기에는 그저 벽을 재떨이 대용으로밖에 쓰지 않은 이상한 벽이었다. 하지만 장곡도는 그는 카오스적 아름다움이 물씬 풍기는 담뱃불로 지진 벽으로 인해 방의 가치가 적어도 10억 이상은 될 거라고 장담했다. 아무리 들어도 미친 사람의 헛소리로밖에 들리지 않는 그의 말을 대체 어떻게 생각해야 할지 나는 알지 못했다. 그러나 나의 생각은 완전히 틀렸다. 그의 마지막 작품 〈이야기가 타는 방〉은 무려 100억 원을 넘어섰다. 사람들은 저마다 내가 장곡도의 진짜 아들이라고 떠들었다. 그러나 나는 이 작품을 한 푼도 받지 않고 국립현대미술관에 기증했다. 그 일로 인해 사람들은 억측만 갖고 나를 비난했다. 그러나 내가 작품을 받아들이지 않은 이유는 내가 그의 아들이 아니었기 때문이기도 했지만, 겨우 3일간 머무르며 장곡도와 이야기를 나누었던 대가로 보기엔 너무도 큰 것이었기 때문이다. 〈이야기가 타는 방〉의 산술적 가치 역시 납득하긴 어려웠다.

장곡도 사후에 한 가지 놀라운 사실이 밝혀졌다. 그를 부검한 결과 그가 평생 뇌수막종이란 병을 앓고 있었단 것이다. 뇌 안에 직경 10센티미터가량의 혹이 나 있었는데 결국 그는 죽은 뒤에야 종양을 떼어낼 수 있었다. 그의 기발한 언어 사용법이나 독특한 사고방식이 뇌 질환과 무관하지 않다는 추측도 가능하다. 하지만 이것만으로는 그의 작품 활동에 영향을 준 영감의 원천이 무엇인지에 근접하는 데는 상당한 시간이 걸릴 것이다.

나는 『광인을 위한 해학곡』을 성경처럼 들고 다니며 가끔 시간이 허무하게 빌 때마다 좋아하는 구절을 읊곤 한다. 그것은 "인간이 이토록 사랑스러울 수 있는 것은 그가 실수하는 존재라는 데 있다"라는 문장이다. 장곡도는 생전에 '가장 징후적이고 예민한 촉수를 가진 인간은 누구일까?'라는 질문을 습관처럼 외우고 다녔다고 한다. 그는 마치 자신이 그 징후적인 인간이라도 되는 듯이 평생 말도 안 되는 사건들을 만들고 돌아다녔다. 그것은 소통 불능 사회에서 그가 할 수 있는 최소한의 활동이었다. 그는 점점 난센스 유희학의 대가가 되어 갔다. 그는 주의산만학, 악마학, 기표와 기의의 불일치학 등을 발명했다. 그는 악의 대학의 총장이었고 올해의 악당상과 올해의 폭력상을 두루두루 거머쥐었다. 의도적인 시대착오 행각과 유별난 언어 사용법, 그리고 언제나 선택의 기로에 서 있다가 끝내는 악을 택했던 사람. 그가 그토록 헤매고 찾아다녔던 '잃어

버린 아들'이 바로 자기 자신이었는지도 모른다. 과연 장곡도 자신도 풀지 못한 삶의 미스터리를 우리가 풀 수 있을까? '끔찍하게 추상적인 개념의 장난이 예술이란 이름으로 둔갑하여 구경꾼의 눈을 흐리고 있다'며 당당하게 세계연출가 선언을 한 장곡도 자신도 역시나 '예술 정치'의 길을 택한 것은 아닐까? 나는 장곡도가 『광인을 위한 해학곡』에 남긴 시로써 이 논쟁투성이 질문에 대답하려 한다. 이 시가 미스터리를 푸는 일말의 힌트가 될 수 있을 것인지는 여러분의 뇌와 심장의 활동에 달려 있다.

건방진 소녀소년이 될 준비를 하라.
불편한 장난을 감수하라.
충격에 민감하라.
성스러운 기침을 하라.
당신은 행복하다.
코미디가 분노를 만나 냉소가 된 사회를 살고 있으니.
현대에는 광인의 눈이 더 정확하다.
비광인은 2개의 눈을 갖고 있으나, 광인은 7개의 눈을 갖고 있다.
유희의 눈, 무질서의 눈, 악의 눈, 주의산만의 눈, 불일치의 눈, 거절의 눈 그리고 텅 빈 눈이다.
인간이여, 텅 빈 눈을 가져라!

해파리
Medusa

해파리가 도시를 떠돌기 시작한 것은 2006년 여름이다.

인천 근해에 해파리 몇 마리가 출몰했을 때만 해도 사람들은 별로 대수롭지 않게 생각했다. 그러나 전국 각지의 도시에서 해파리에 물린 사람들이 출몰하자 상황은 달라졌다. 그중에서도 몸길이가 8센티미터도 안 되는 푸른병해파리는 가장 독종이었다. 그것은 물속에서 풍선처럼 투명한 몸을 부풀리고 있다가 생명체가 다가오면 재빨리 푸른 촉수를 뻗어 상처를 입히곤 했다. 해파리에 쏘인 사람들은 쓰라린 나머지 밤잠을 이루지 못했다. 처음엔 모기 스무 마리에게 동시에 물린 것처럼 상처 부위가 가로로 길게 부어올랐다. 하지만 알코올로 응급처치를 하지 못한 사람들은 다리에서 채찍으로 맞은 듯한 검붉은 멍을 발견했다. 해수욕장의 응급실에 누워 있던 사람들은 어린 시절에 회초리 맞았던 일화를 농담 삼아 하며 해파리에 쏘인 고통을 이겨냈다. 한 달이 지나도 해파리 채찍 자국은 피해자들의 다리에 선명하게 남았다. 병원은 이제 거의 포화 상태가 되었다. 병원의 벽걸이 TV에서는 '도시를 습격한 해파리 떼'라는 제목의 속보가 연일 흘러나왔다. 국립수산과학원의 연구원은 아열대 지방에 서식하는 해파리 떼가 대거 출현한 것은 지구의 온난화와 해수면 온도의 상승으로 인한 생태계 파괴 현상으로 보인다고 설명했다. 해양생태학자들은 한류가 우세한 동해나 남해라면 모를까 서해안에서 갑자기 이런 해파리 떼가 등장하는 일은 유례가 드물다며 고개를 저었다. 급기야 경찰과 군에서 해파리 소탕작전에 나섰다. 해파리들이 기이한 악취를 풍겼기 때문에 대규모의 방역 작업이 시작되었다. 아이들은 방역차를 따라다니며 전쟁놀이를 했다.

해파리는 사람들을 놀리기라도 하듯 정신없이 도시를 돌아다녔다. 고양이의 먹이가 되기도 하고 어른 53명을 쏘아 죽이기도 했다. 피해자 중 반 이상은 역 주변의 노숙자들이었다. 그들은 이름 없이 죽었다. 도시 곳곳에서는 해파리로 인한 비린내가 진동했다. 마치 도시 전체가 바다에 잠겼다 나온 것처럼 사람들의 피부는 늘 미끈둥미끈둥했다. 어른들은 해파리를 발견하기만 하면 잡아다 끓는 물에 데쳤다. 해파리 퇴치용 식초나 사이다도 큰 인기를 끌었다. 몇몇 음식점에서는 부패 직전의 해파리를 데쳐 해파리 매운탕을 내놓았다가 식품위생국의 검열에 걸려 사람들 사이에서는 '해파리만도 못한 양심'이라는 비난을 들으며 500만 원의 벌금을 냈다. 해파리에 대한 뚜렷한 대책을 내놓지 못한 인천 시장은 해파리 피해자 모임의 거센 항의에 의해 직책에서 물러나야 했다. 몇 개월 후 시장 선거가 열렸고, 이에 입후보한 한 후보는 '해파리 생태 공원'을 조성하겠다는 공약과 함께 '해파리 없는 세상, 부패 없는 세상'이라는 로고로 거리 선전을 하러 다니기도 했다. 그야말로 해파리 전쟁과도 같은 나날이었다. 새로 등극한 시장은 강력한 리더십을 발휘해 해파리 소탕작전에 나섰다. 그는 해파리를 상업적으로 이용하는 모든 사람들을 처벌했다. 해파리냉채나 해파리 매운탕을 취급하는 식당은 철저한 위생 검열을 받았기 때문에 자연히 해파리 전용 식당은 폐쇄되었다. 거리에서 해파리를 보았다는 사람은 점점 사라져 갔다. 그해 말, 인천시는 무의도 앞에 해파리의 천적인 길이 6센티미터짜리 말쥐치 5만 마리를 풀어 놓았다. 얼마 후, 길이 1미터, 무게 200킬로그램짜리 해파리를 인천의 한 어부가 끌어 올리면서 해파리 사건은 종결되었다. 그리고 해파리는 도시에서 완전히 종적을 감춘 듯이 보였다.

김부겸은 인천의 서구 검단 사거리의 화물 운송 회사에서 근무하는 53세의 남자였다. 푹푹 찌는 8월에 그는 쓰레기통을 뒤지고 있기 바빴다. 멀쩡한 회의 자료를 실수로 쓰레기통에 넣어 버린 것이다. 그는 쓰레기통을 뒤지다가 인사부에서 버린 이력서를 우연히 발견했다. 6개월 전에 회사에 들어온 토니의 이력서였다. 그는 1년간 다니던 자동차 부품 공장이 검단

산업단지로 이전하는 데 실패하자, 한 달 전에 부겸의 회사로 들어온 24세의 필리핀 청년이었다. 그는 마닐라 대학에서 경영학을 전공했지만, 이 회사에서는 컨테이너 박스를 옮기거나 청소하는 일을 했다. 이력서에서 토니는 자신의 전공을 살려 영업부에서 정식으로 일하고 싶다는 내용의 자기 소개서를 소박한 문체로 쓰고 있었다. 회화할 때보다 문법이 좀 바른 것을 보면 요새 토니가 다닌다는 야학의 교사가 고쳐 준 듯했다. 하지만 부겸의 눈에 그것은 엉망진창, 요절복통의 낙서일 뿐이었다.

"뭐, 영업부? 이 자식이, 한글도 제대로 쓸 줄 모르면서. 하하하!"

검단에는 중국, 베트남, 필리핀에서 온 공장 근로자들이 많았다. 부겸은 그들이 몹시 못마땅했다. 피부색도 맘에 들지 않고, 한국말을 잘 못하는 것도 싫었다. 게다가 한국의 노동력을 그들이 다 빼앗아 간다고 여기고 있었다. 부겸의 회사에도 외국인 노동자가 열다섯이나 되었다. 하지만 부겸이 보기에 그들은 매일 회사 뒤에 있는 쓰레기장 앞에서 담배나 피우고 잡담이나 떨다가 어떻게 하면 쉽게 돈을 벌까 궁리하는 것처럼 보였다.

부겸이 한참 웃고 있는데 쓰레기통 근처에서 이상한 냄새가 풍겨 왔다. 하수구가 터진 냄새 같기도 하고 비린내 같기도 했다. 그는 작년 여름, 부산에 놀라갔다가 우산 모양의 해파리에 쏘인 이후 비린내에 꽤 민감해져 있었다. 하지만 쓰레기통을 다 뒤져도 해파리는커녕, 우산 손잡이도 눈에 띄지 않았다. 그의 옆 자리에서 컴퓨터로 지난달 실적을 확인하고 있던 박 대리는 부겸의 이상 행동을 빤히 지켜보고 있었다.

"김 과장님 뭐하세요?"

"아니, 그냥. 근처에 해파리가 있는 것 같아서 말야."

부겸은 건물 외부에 있는 자판기로 달려가 600원짜리 사이다 캔을 6개나 샀다. 그는 화장실을 지나다 토니가 걸레를 빨고 있는 것을 보았다.

"걸리적거리지 말고 꺼져, 자식아!"

그는 토니가 쓰고 있던 대야를 빼앗아 사무실로 돌아왔다. 사이다 캔이 든 대야를 보고 좋아하는 박 대리를 쳐다보며 부겸은 사이다를 몽땅 대야에 들이부었다. 그는 휘파람을 불며 말했다.

"어젯밤 TV에서 봤는데 말야, 해파리 퇴치엔 사이다가 그만이라더군."

박 대리는 눈을 휘둥그렇게 떴다.

"여기에 해파리를 담가 놓으시게요?"

부겸은 해파리 찾는 데 열중해서 박 대리의 말을 제대로 듣지 못했다. 박 대리는 '해파리가 무섭긴 무서운 모양이군' 하고 짧게 생각하고는 다시 컴퓨터로 눈을 돌렸다. 부겸은 일을 하는 내내 책상 밑에 다리를 넣고 자주 떨었다. 하지만 다리에

와서 착 걸치는 물체는 느껴지지 않았다. 부겸이 자꾸 투실투실한 다리를 떠는 통에 박 대리는 자꾸 계산이 틀려서 애를 먹었다. 하지만 점심시간이 다가올 때까지 해파리는 끝내 나타나지 않았다.

"해파리가 고혈압에 좋다죠?"

하지만 부겸은 박 대리의 말이 귀에 잘 들어오진 않는 모양이었다.

"냄새가 나긴 나지?"

"그런 것 같긴 한데, 잘 모르겠어요. 멀쩡한 사무실에 해파리가 나타날 리 없잖아요?"

박 대리는 발딱 일어나서 두 손을 탈탈 털고는 먼저 식당으로 가 버렸다. 이제 부겸만이 홀로 사무실에 남았다. 하지만 그는 미련을 버리지 못하고 계속 이렇게 중얼거릴 뿐이었다. 이상하다, 이상해. 내가 잘못 맡은 걸까? 그는 벗고 있던 구두 한 짝에 오른발을 넣었다. 검지를 발뒤축에 끼운 순간 그는 뭔가 잘못되었다는 것을 깨달았다. 미끈둥한 것이 손을 스쳤던 것이다.

"해파리다!"

그가 본 물체는 금세 종적을 감추었다. 그것은 푸른병해파리의 촉수처럼 가늘고 연한 파란 줄처럼 생겼다. 하지만 길이와 굵기로 미루어 보건대 방금 지나간 해파리의 크기는 엄청나게 컸다. 작년에 잡힌 1미터짜리와는 비교도 안 되게 컸다.

부겸의 상상력은 점점 거침이 없어졌다. 자신이 목격한 해파리가 고래, 아니 웬만한 대형 화물선보다도 더 크리라는 확신이 든 것이다. 그는 양말 바로 위의 다리 위에서 기타 줄처럼 선명하고 긴 상처를 발견하자 당장 조퇴를 했다.

의사는 부겸의 말을 믿지 않았다. 어떻게 바다에 사는 해파리가 육지에 기어오를 수 있냐는 얘기였다. 하지만 부겸이 다리를 보여 주자 그는 눈을 뒤집었다. 의사는 일단 환자의 쇼크를 막기 위해 에피네프린을 투여해 준 뒤, 호흡을 편히 하라는 당부를 하고 갔다. 그가 다녀간 뒤, 박 대리와 토니가 병문안을 왔다. 토니가 뒤에 감춰 둔 물건을 꺼내면서 서툰 한국말로 말했다.

"김 과장, 알로에 왔어. 해파리, 베리 굿!"

김부겸은 토니의 머리를 세게 쳤다.

"이 자식아! 반말하지 말랬지?"

토니는 무안한 표정과 더불어 약간 멸시감을 느낀 표정을 지었다.

"눈 깔아, 자식아! 꼬우면 마닐라 가!"

"김 과장, 반말, 최고, 반말, 베리 굿!"

토니는 도망치듯 자리를 떴다. 고혈압이 있는 부겸은 약간 신경질적인 신음소리를 내면서 침대에서 일어났다.

"과장님, 그래도 재가 대학물 먹은 애예요."

박 대리가 부겸을 눕히려 하자 부겸은 저항하며 억지로 일어났다.

"이 새끼야, 내가 고졸이라고 무시하는 거냐?"

"그런 게 아니구요, 근데 왜 욕을 하세요?"

"아니긴 뭐가 아냐, 새끼야! 넌 삼류 지방대 나온 주제에 깝치는 거냐?"

"깝치긴 누가 깝친다고 그러세요?"

"지금 이게 깝치는 거지, 뭐가 깝치는 거야? 내가 이 나이 먹도록 과장질 해먹는다고 깝치는 거지?"

"과장님이라서 깝치는 게 아니고요……."

"뭐? 그럼 깝치긴 깝친다는 거네, 이 새끼?"

"사장님이 걱정하세요. 이번에도 오래 쉬실까 봐."

박 대리는 억울함을 억누르며 자리를 떴다. 부겸이 하도 소리를 지르는 통에 옆에 있던 아이가 소리를 내며 울기 시작했다. 부겸은 모로 누웠다. 하지만 아무리 생각해도 약이 오르는 것을 참을 수 없었다. 어떻게 감히 필리핀에서 온 지 1년도 안 되는 새파란 놈이랑, 30년간 이 직장에 몸담아 온 나를 비교할 수가 있담? 게다가 그 자식은 청소나 하는 놈 아냐? 부겸은 속이 부글부글 끓어올랐다.

그는 벌써 5번이나 직장을 떠났다가 돌아왔다. 마지막으로 떠난 건 8개월 전이었다. 학교 다니는 자식이 둘이나 되는데 도무지 집에서 놀 수가 없었던 것이다. 게다가 큰아들 놈은 대학을 졸업한 지 1년이 넘어 가도록 직장을 잡지 못해서 매일 피시방이나 당구장 따위를 전전하다 다시 대학원에 들어갔다. 아내도 화장품 가게를 꾸리고 있지만 경제 사정이 나빠 세를 내기도 빠듯한 상태였다. 이런 상황에서 그와 30년 직장 동료이자 처남인 고 사장이 전화를 걸어 왔던 것이다. 부겸의 직장은 대기업 '화성'의 화물을 운반, 수송하는 일종의 하청업체였다. 그런데 고 사장 말론 이번에 화성 쪽에서 하청업체를 바꾼다는 소문이 들려온다는 것이다. 고 사장은 소주 석 잔에 과메기를 시켜 놓고 집요하게 그를 설득했다.

"그놈들이 바꾼다는 회사가 '부영'인데, 외국인 노동자 비율이 80퍼센트래요. 듣자 하니 계약금이 우리보다 30퍼센트나 싸대. 그러니 김 과장 같으면 안 바꿔?"

"튀기 놈들이 또."

부겸은 금세 입이 비뚤어졌다.

"김 과장 아니면 누가 화성의 마음을 돌리겠나? 나도 좀 살아야지. 이러다 중소기업 다 망해요. 화성이 잘났다 하는데, 우리 같은 하청업체 없이 어떻게 움직여? 안 그래? 김 과장, 그러니까……."

"고 사장님, 나 이제 은퇴할랍니다."

"오십이면 아직 젊잖아. 운동도 하고, 등산도 다녀. 이제 노후도 생각해야지."

"노후 생각해서 그만두겠단 겁니다."

"이 자식아! 우리 은희 생각은 안 해? 젊을 때 통통하던 얼굴이 지금은 과메기마냥 바싹 마른 것 좀 봐. 이게 다 네놈이…….”

“이 새끼야, 내가 1년에 370일을 일해. 1년이 365일인데 370일, 380일을 일한다고! 알아? 그리고 어디서 ‘놈, 놈’이야? 내가 네놈보다 두 살 많은 거 몰라? 그런데도 평생 네놈 눈치 보느라고 네 앞에선 골프 한 번 못 쳤어! 알아?”

“왜 이래, 김 과장. 자네 무시해서 그러는 게 아니고.”

고 사장이 부겸의 팔을 살짝 끼면서 태도를 낮추자 부겸은 금세 태도가 누그러졌다.

“압니다, 고 사장님. 하겠습니다, 해요. 은희 때문에 합니다. 대신 이번이 마지막이에요. 딱 1년만 더 할 테니까 더 붙잡으심 안 됩니다!”

그렇게 하고 다시 들어간 직장이었다.

부겸은 우는 애한테 몇 번이나 조용히 하라고 다그치다가 애 엄마랑 싸우고 잠이 들었다. 그는 잠이 깨면 밥 먹고 주사 맞고 약 먹고 창가에 놓인 알로에를 한 번 쳐다보다 또 잠들었다. 그렇게 한 3일 누워 있으니까 병원에선 퇴원해도 좋다고 말했다. 하지만 그는 이미 1주일간 휴가를 낸 상태였기 때문에 직장에 돌아가지 않았다. 대신 그가 찾은 곳은 도서관이었다.

그는 ‘오늘의 낚시’니 ‘세계 어류 백과’니 하는 책들을 뒤졌다. 세계 최대의 ‘사자갈기해파리’를 발견했지만 그것의 촉수는 부겸이 본 것과는 달리 연갈색 빛이었다. 그는 고민에 빠졌다. 다행히 3시간 만에 그는 한 가지 단서를 알아냈다. 작년에 방류한 말치 5만 마리의 성과가 하나도 없단 사실이었다. 그리고 해파리 퇴치 및 어류 자원 조성 사업에 투입된 2000만 원의 예산의 행방 또한 묘연한 것이 수상했다. 그는 작년에 해파리를 잡았다는 어부를 찾아보기로 했다. 그는 무의도에 사는 노인 이재민 씨였다. 그곳은 부겸이 사는 운서지구에서 불과 20킬로미터 거리였다.

부겸이 무의도 바닷가 마을에 도착했을 때는 낮인데도 하늘이 캄캄했다. 금방이라도 태풍이 들이닥칠 것 같은 날씨였다. 노인은 막내아들과 함께 해안에 늘어놓은 그물을 거두러 밖에 나가고 없었다. 부겸은 슈퍼에서 산 막대 아이스크림을 핥으며 집 안을 살펴보았다. 이재민 할아버지의 초상화 밑에는 커다란 신문 기사가 코팅까지 되어 붙어 있었다. 하지만 사진 속에는 노인이 잡았다는 대형 해파리 사진은 찍혀 있지 않았다. 부겸은 다시 슈퍼로 가서 소주와 구운 오징어 두 마리를 샀다.

노인은 멀리서도 쉽게 눈에 띄었다. 그는 칠십이 다 된 나이에도 아직 정정했다. 가냘프지만 팔에 힘을 주면 근육이라도 나올 법한 몸매였다. 부겸은 자기소개를 하면서 그에게 말을 붙여 보았다.

"깜짝 놀랐지 뭐예요. 그렇게 큰 해파리를, 대체 어떻게 잡으셨대요? 에이, 설마. 아드님이 잡으셨겠지."

부겸이 슬슬 약을 올리자, 노인은 실핏줄이 터지도록 눈을 뒤집었다.

"이 사람, 진짜야! 10년간 써 온 그물이 다 찢어졌다니까. 내가 이 일만 60년이야. 요만한 애기 때부터 팽이 돌리기 안 하고 배 꽁무니를 쫓아다녔다고. 해파리에 관해 나만큼 아는 사람도 없지."

노인은 호탕하고 시원시원한 성격이었다.

"갓처럼 생긴 게 붕 떠 있는데, 그놈들이 잘 뜨려고 몸에 가스가 차 있잖아. 몸 안에는 관이 있는데 그걸로 먹고 싸고 숨쉬고 다 하는 거지. 또 그 밑으로 촉수 있잖아, 발같이 생긴 거. 적이 나타나면 사냥 촉수가 몸보다 더 길게 늘어나 버린다고. 특히 지난번 해파리 놈한테는 당할 수가 없었다니까. 촉수가 20미터 쯤 늘어났어. 여기서부터 저까지 말이야."

그는 방파제의 끝에서 끝을 가리켰다.

"에이 참, 영감님두."

"정말이라니까. 그 사냥 촉수에 한번 맞으면 말이야, 온몸이 마비되고, 결국엔 호흡 곤란을 일으키다가 죽는다니까. 그래서……."

노인은 갑자기 말을 멈추었다. 그는 구름이 잔뜩 몰려오고 있는 바다를 불안하게 바라보았다. 그러고 보니 그와 함께 나갔다던 막내아들이 보이지 않았다. 노인 말로는 아들이 스쿠버 다이빙을 너무 좋아해서 바다에 나간 지 벌써 한 시간이 되었다는 것이다.

"태풍 올 때는 하지 말라고 했더니. 그물 핑계 대고 또 나갔지 뭐야."

노인은 걷다 만 그물을 팽개치고 해안 쪽으로 가까이 다가갔다. 비가 내리더니 점점 빗발이 굵어지기 시작했다. 그때 먼 바다 위에 뭔가 두둥실 떠올랐다. 다이빙용 산소통이었다. 잠시 후 그것이 엎어지면서 까만 잠수복을 입은 남자가 보였다. 노인은 덜컹하는 가슴을 붙잡고 바다에 뛰어들 태세였다. 그는 그물을 걷어 왔다. 그걸 던져서 아들을 끌어낼 심산이었지만, 거리가 턱없이 부족했다.

"영감님, 배는 어딨어요?"

"없어."

영감님의 말에 나는 더욱 다급해졌다.

"어부한테 배가 없다뇨?"

"팔았지! 해파리 때문에 살 수가 있어야지. 물고기도 안 잡히는데 기름 값을 무슨 수로 감당하나? 연안부두 나가 봐. 배 팔러 줄을 섰어."

노인과 부겸이 발을 동동 구르고 있는 사이, 남자는 어떻게든 해변 쪽으로 헤엄을 치려고 안간힘을 쓰고 있었다. 부겸은 재빨리 해안 경비대 초소로 달려갔다. 그는 구명 튜브의 한쪽을 철근으로 된 다리에 묶고 다시 해변으로 달렸다. 그는 그것을 남자의 손에 닿을 수 있는 거리까지 던졌다. 태풍 때문에 바다가 심하게 출렁였다. 튜브에 남자의 손이 닿을 듯 말듯 했다. 하지만 빗물과 파도에 가려서 그는 튜브를 몇 번이나 놓쳤다. 그가 겨우 튜브를 잡으려던 찰나에, 남자의 몸이 파도에 붕 떠올랐다. 그는 필사적으로 튜브를 잡았다. 그런데 남자의 몸 아래에서 하얀 물체가 몸을 흐물거리고 있는 것이 보였다. 그것은 점점 물 밖으로 몸을 들이밀고 있었다. 하얀 물체가 몸을 위아래로 들썩이자, 노인의 아들은 마을 쪽으로 떠밀려 왔다. 하얀 물체도 뒤에서 그를 따라왔다. 부겸이 보기에 그것은 틀림없는 해파리였다. 해파리는 그대로 딱딱하게 서 있더니 갑자기 몸체 바깥을 향해 촉수를 내밀기 시작했다. 노인은 아들이 잡은 튜브를 재빨리 당겼다. 부겸도 그들을 도왔다. 마침내 노인의 아들은 모래사장까지 끌려왔다. 그는 오른 다리에 피를 흘리며, 새파란 입술로 거친 숨을 쉬고 있었다. 그의 잠수복에서는 여전히 물이 뚝뚝 떨어지고 있었다. 손을 잡으니 화로 위에 있는 것처럼 뜨겁고 몹시 미끌미끌했다. 잠시 숨을 돌리는 사이, 바다가 다시 꿈틀거리기 시작했다. 파도가 심하게 요동을 치더니, 납작한 팽이 모양의 하얀 물체가 점점 뭍으로 올라왔다. 그것은 활짝 핀 국화꽃처럼 생겼으며 몸의 하체에는 하얀 원형의 날개가 꽃받침처럼 달려 있었다. 그 밑으로는 밝은 빛이 새어 나오고 있었다.

"영감님이 잡으신 해파리도 날개가 있었습니까?"

"아냐, 연갈색 촉수만 잔뜩 달렸었어."

"그럼 저건 뭘까요?"

"글쎄. 아무래도 남태평양에서 난다는 외국산 해파리 같구먼."

해파리는 그들의 의문에 응답이라도 하듯 몸 아랫부분에 달린 원형의 날개를 펄럭거렸다. 몇 번의 날갯짓 후에 그것은 갑자기 눈부신 빛을 내며 사라졌다. 그 순간, 부겸은 이상한 느낌을 받았다. 눈앞에 지난 50년의 인생이 황홀하게 지나간 것이다. 그는 문제아였다. 담배 피우고 성인 영화관 가는 일은 예사였다. 호기가 지나쳐 달리는 자동차를 향해 몸을 날린 적도 있었다. 고등학교 때도 여러 번 중퇴할 위기가 있었다. 젊은 날에 누구나 하는 반항의 일종이었다. 하지만 이제 그는 오십 줄이었다. 그는 점점 자신을 닮아 가려는 아들들을 바로잡아, 어떻게든 사회인으로 적응시키는 것이 하나 남은 의무라고 생각하고 있었다. 하지만 그는 자신에게 의무가 하나 더 생길지도 모른다는 예감이 들었다. 부겸은 노인과 그 아들이 귀가한 뒤에도 오랫동안 아무도 없는 해안가에 말없이 앉아 있었다.

그날 저녁, 부겸은 아들 둘과 아내가 모인 저녁 밥상에서 콩나물을 씹으며 이렇게 이야기했다.

"새로운 일을 시작해야겠다."

"또 그만둬? 오빠한테 1년은 버틴다고 했다면서?"

아내가 따지자 부겸은 나직이 말했다.

"병원에 있으면서 조용히 생각해 봤어. 과연 오늘날 아버지란 무엇인가, 가장의 임무란 무엇인가? 결론이 나지 않더군. 그런데 오늘 저녁에 엄청난 걸 봤단다."

"저거 말씀하시는 거예요?"

큰아들이 TV 화면을 가리켰다. '인천 상공에 출현한 UFO'란 자막과 동시에 피부가 거뭇한 외국인 청년이 나타났다. 그는 친구를 배웅하러 인천국제공항에 갔다가 하늘에서 미확인 비행물체를 목격했다고 말했다. 그와 동시에 휴대폰에 찍힌 동영상이 나왔다. 외국인은 납작한 하얀 물체가 무의도 해안 근처에서 떠올라 북서쪽 하늘을 향해 날아갔다고 덧붙였다. 뉴스를 보던 작은아들은 말도 안 된다는 듯 웃었다.

"아직도 UFO 따위를 믿는 구석기 시대인이 있나?"

부겸은 TV 앞으로 바짝 다가갔다. 그 외국인은 틀림없이 토니였다. 오후에 본 하얀 물체가 당연히 대형 해파리라고 믿고 있던 부겸으로선 당황할 수밖에 없었다.

"밑에서 불이 번쩍번쩍 나오긴 했지."

부겸이 중얼거리는 소리를 듣고 작은아들이 말했다.

"에이, 그건 UFO 믿는 광신도들이 매일 써먹는 얘기죠. 유리 겔러가 밥숟갈 구부리는 게 진짜 초능력이라고 생각하세요?"

작은아들의 말에 부겸은 눈을 부라렸다.

"20년 전, 내 눈으로 똑똑히 봤다. 유리 겔러가 숟갈 구부리는 거."

"에이, 그건 다 마술이라고 판명 났잖아요."

"맞아, 사기야, 사기."

큰아들의 말에 작은아들이 맞장구를 치며 자리에서 일어났다.

"아직 반도 안 먹었잖아?"

"내일 시험이라 공부해야 돼요."

"시험은 무슨 시험? 대학생 주제에 매일 술 퍼마시고 놀러 다니는 주제에, 이놈아, 넌 아버지가 1년에 며칠을 일하는 줄 아냐? 자그마치 375일을 일한다, 알겠냐?"

"1년이 무슨 375일이나 돼요?"

작은아들은 말끝을 흐렸다.

"보니까 이것들이 우리 회사 필리핀 놈보다 말버릇이 없네. 그래, 니들은 대학물 먹어서 겸손하지 못한 거지?"

보다 못한 아내가 나섰다.

"이 양반이 왜 이래. 또 술 먹었어?"

"넌 좀 가만있어. 저기 뭐냐, 이토 히로부미랑 싸운 양반이 누구지? 이순신?"

"도쿠가와 이에야스죠."

큰아들이 약간 주눅 든 어투로 말했다. 그러자 대학생 주제에 매일 술 퍼마시고 놀러 다니다가 시험을 앞두고 벼락치기를 준비하던 작은아들이 끼어들었다.

"도요토미 히데요시지."

부겸은 큰아들을 무서운 눈으로 보면서 말했다.

"네가 매번 필기에서 떨어지는 덴 다 이유가 있어. 어려서부터 암기 과목을 못 했잖냐?"

"암기 못하는 건 작은놈이었지."

아내가 끼어들었다.

"이래서 우리나라는 문제야. 달달 외울 줄만 알았지, 응용할 줄을 몰라."

작은아들은 자리에 일어선 채로 이 하찮은 싸움을 질려 하는 표정을 짓고 있었다.

"이거 재수강 과목이라서 무조건 A 받아야 한단 말이에요."

부겸은 아들을 노려보면서 무릎을 쳤다.

"그래, 대학생님. 어여 들어가 공부하셔요. 이순신 장군님도 겸손하게 살지 말란 말을 했답니다."

"이순신 장군이 언제 그런 얘길 해?"

아내는 황당한 표정으로 되물었다. 동태국은 이미 다 식어 가고 있었고 부겸의 젓가락 끝에 걸려 있던 콩나물들은 이미 식탁 위에 어수선하게 흩어졌다.

"영웅도 그런 이야기를 할 수 있단 말이야!"

"요즘 세상에 영웅이 어딨어요?"

작은아들의 말에 부겸은 가슴을 치며 벌떡 일어났다.

"왜 없냐? 내가 영웅이다!"

그러고는 마치 선전포고라도 하듯이 외쳤다.

"내일 당장 해파리를 잡으러 가겠다!"

잠시 정적이 흘렀다. 그리고 모두들 약속이나 한 듯 깔깔대고 웃었다. 부겸은 잠시 비틀거렸다. 가족들의 반대가 이토록 심할 줄은 예상하지 못했던 것이다. 그들은 반대하다 못해 자신의 계획 자체를 비웃고 있었다. 부겸은 이들 모두에게 본때를 보여 줘야겠다고 생각했다.

다음 날 그는 숟가락을 바라보며 한 가지 생각만을 하고 있었다. 점심시간이 되자 그는 화장실 바닥 청소를 하고 있던 토니를 불렀다. 부겸의 손에는 구겨진 데다 커피 자국이 나 있는 이력서가 한 장 들려 있었다. 그는 토니의 손에서 휴대폰을 빼앗았다. 동영상에는 분명 비행접시 같은 것이 하늘을 휘휘 날아다니고 있었다. 하지만 토니의 동영상을 보고도 부겸은 자신의 생각을 굽히지 않았다.

"이거 네가 냈냐?"

토니는 자신의 이력서를 보고 쑥스러운 듯이 고개를 끄덕였다. 부겸은 토니를 노려보다가 자기 소개서를 읽기 시작했다.

"'가족들 힘들어. 엄마도 아푸고 동생도 아푸세요' 이게 뭐냐? 이게. 한국에선 이렇게 쓰면 아무도 안 뽑아 줘."

"네, 김 과장님."

토니가 너무도 또박또박하고 예의 바르게 대답했기 때문에 부겸은 조금 기분이 좋아졌다. 그는 구겨진 이력서를 정성껏

펴면서 부드러운 어투로 물었다.

"요새, 한국어 공부 좀 한다며?"

"네. 한국어 잘해. 야학에서 히스토리 공부해. 태정태세문단세예성연중……."

"그럼 이순신 장군이랑 싸운 일본인이 누구냐?"

"도요토미 히데요시."

"대학생 놈들보다 낫구나. 이제 존댓말만 배우면 되겠어."

부겸은 종일 들고 다니던 은수저를 토니에게 건네며 물었다.

"이 숟가락 구부릴 수 있냐? 초능력으로 말야."

토니는 잠시 미간을 찌푸리더니, 눈에 힘을 주어 숟가락을 바라보았다. 그러자 멀쩡하던 숟가락이 앞으로 고개를 푹 숙였다. 부겸은 흠칫 놀랐다. 그는 토니를 뒤에서 다정하게 안으며 말했다.

"내가 보니까 넌 아주 똑똑한 것 같아. 그동안 너한테 조금 실수한 건 사과할게. 하지만 어제 일은 네가 실수한 거다. 그건 UFO가 아니라 해파리였어. 너, 위증죄가 얼마나 무서운 줄 아냐?"

토니는 약간 겁먹은 표정을 짓더니 다시 생글생글 웃었다. 부겸은 괜히 화가 났다. 왜 나는 늘 웅크리고 화를 내고 있는데 이 자식은 행복한 표정인 거야? 혹시 나보다 돈을 많이 받는 건 아냐? 부겸은 자기보다 월급의 절반도 받지 못하는 토니를 질투하고 있었다.

"너, 수영 잘하냐?"

"수염 잘해. 나, 수염, 최고, 베리 굿!"

"오늘 약속 없지? 나 좀 도와줘야겠어. 아르바이트야. 토요일이니까 일 끝나는 대로 이것들 챙겨서 바로 와."

부겸은 토니에게 준비한 돈과 함께 쪽지를 건네주었다. 수영복, 100미터짜리 말린 밧줄 1개, 3미터 높이의 쇠꼬챙이 2개, 꽃게 50마리, 말쥐치 20마리, 투망, 밀가루 1킬로그램, 식초 5리터, 사이다 1박스, 튜브형으로 된 미니 수영장, 열 자짜리 투명 비닐, 디지털카메라, 그리고 해파리를 마지막으로 목격한 무의도의 바다 약도였다.

"이번 일만 잘되면 인사부랑 상의 좀 해 볼게."

부겸이 이력서를 접어 안주머니에 넣자, 토니는 엄지를 앞으로 내밀며 웃었다.

그날 오후, 부겸은 머릿속으로 뭔가를 골똘히 생각하면서 백사장으로 걸어가고 있었다. 그런데 자기 앞에 조금 더 큰 발자국이 점점이 나 있는 것이 보였다. 그는 발자국을 따라갔다. 발자국은 해안선을 따라 걷고 있었다. 그리고 마치 어지러운 고민에 빠진 듯이 일자로 걷지 못하고 이리저리 흩어진 것이 눈에 띄었다. 마침내 발자국의 행렬이 끝났다. 그 앞에는 토니가 앉아 있었다. 토니가 흥분하며 일어나는 통에 부겸은 뒷걸음질을 쳤다.

"무슨 일이야?"

토니는 붉게 물든 해안선을 휴대폰 끝으로 가리켰다. 부겸은 토니의 손가락 끝을 쳐다보았다. 바다 저쪽에서 뭔가가 좌우로 몸을 흔들며 물 밖으로 나오고 있었다. 밑에서 하얀 물체가 희미하게 움직이는 모습을 보고 부겸은 마음이 급해졌다. 그와 토니는 재빨리 옷을 벗어 수영복 차림이 되었다. 그들은 다급하게 공기 주입 페달을 밟아, 튜브형 미니 수영장에 바람을 넣기 시작했다. 그리고 꽃게와 말쥐치 40마리를 투망 안에 넣고 흔들어 댔다. 그 사이, 하얀 물체는 유연하게 몸을 움직이며 일정한 속도로 다가왔다. 부겸은 토니와 힘을 합쳐 튜브형 미니 수영장을 바다 앞에 바리게이트처럼 세웠다. 둘은 각자 기다란 쇠꼬챙이를 들고 튜브 방패 뒤에 숨어 공격할 기회만 노렸다. 그러나 하얀 물체는 더 이상 숨을 곳이 없을 만큼 바짝 다가왔다. 두 사람은 가만히 고개를 숙였다. 머리 위로 거대한 둥근 그림자가 먹구름처럼 드리워졌다. 잠시 후, 먹구름이 걷히면서 거센 파도의 소용돌이가 일었다. 그 바람에 미니 수영장이 힘없이 쓰러졌다. 부겸은 작전을 바꾸기로 했다. 그는 사이다 캔을 일제히 따서 수영장에 콸콸 쏟았다. 그리고 꽃게와 말쥐치를 그 안에 풀었다. 그는 빈 투망 안에 비닐을 넣은 뒤 식초와 밀가루를 풀었다. 그리고 그것들이 잘 응고되게 섞은 뒤 온몸에 발랐다. 두 사람은 총으로 무장한 서양 군대에 맞서 돌멩이를 꽉 쥐고 있는 원주민 부족과도 같았다. 부겸은 눈꺼풀 위로 흘러들어 오는 밀가루 때문에 눈이 따가

워 죽을 것 같은 것을 억지로 참으며 쇠꼬챙이를 위로 치켜세웠다. 하지만 해파리는 아직 별 움직임이 없었다. 파도도 점차 멎기 시작했다. 해파리가 미니 수영장을 뒤집어 버리지 않을까 하는 상상에 빠져 있던 부겸은 조용히 고개를 들었다. 그는 이 알 수 없는 정적이 갑자기 두려워졌다. 그래서 완강히 거부하는 토니를 끌고 미니 수영장 안으로 들어갔다. 그들은 거대한 투명 비닐을 머리 위에 덮은 채 꼭 붙잡았다. 사방에서 꽃게와 말쥐치들이 그들 몸을 공격했다. 그 순간 거대한 바람이 정수리를 가격했다. 비닐이 날아가는 동시에 머리 위에서 검은 그림자가 느껴졌다. 그것이 자신들을 향해 내려오고 있음을 직감적으로 알아챈 두 사람은 수영장 밖으로 몸을 날렸다. 마침내 거대한 해파리가 그들 앞에 모습을 완벽히 드러냈다. 지난번에 본 것과 마찬가지로 그것은 납작한 꽃 모양이었다. 그것은 천천히 두 사람 앞으로 다가왔다. 해파리의 밑을 받치고 있던 원형의 날개가 하늘을 향해 얼굴을 완전히 들었다. 토니는 그것을 찍으려고 휴대폰을 꺼내 들었다. 부겸은 주머니에 있던 숟가락을 만지작거리고 있었다. 아내에게 오늘 잡은 해파리에 대해 어떻게 설명해야 할지 몰랐다. 그가 망설이는 사이, 대형 해파리는 위강과 입에서 액체들을 토해 냈다. 200마리쯤 되는 동물성 플랑크톤들의 시체가 대포알처럼 쏟아져 나왔다. 몸이 가벼워진 해파리는 앞으로 기우뚱하더니 토니를 향해 쓰러졌다. 부겸이 당황하여 뒤로 물러서는데, 바다에서 몸집이 작은 생물들이 하나둘씩 떠올라 왔다. 300여 마리나 되는 푸른병해파리 떼였다. 하나같이 기름을 뒤집어써서 원래의 색보다 더 검푸른 빛을 띠었다. 위에서 보았을 때 그것들은 마치 푸르스름한 한 덩어리의 푸딩처럼 보였다. 갑자기 푸딩이 위로 번쩍 들렸다. 푸른병해파리 시체들을 뚫고 솟아난 것은 쓰러져 죽은 줄만 알았던 대형 해파리였다. 부겸은 놀라서 주머니에 있던 숟가락을 꽉 잡았다. 그는 옆에 쓰러진 토니를 내려다보며 거친 숨소리를 냈다. '내가 네놈을 오늘 해파리냉채로 만들어 주지!' 그는 놀라운 집중력으로 숟가락 끝을 노려보았다. 하지만 순식간에 해파리는 그의 머리 위로 10미터가량 붕 떠올랐다가 마치 엉덩방아를 찧듯 부겸을 향해 내려앉았다. 그러더니 크게 날개를 펄럭이며 하늘을 향해 날아올랐다.

그날 밤, 토니는 순찰을 돌던 해안 경비대원에 의해 구조되었다. 그의 휴대폰에는 해파리의 원형 날개에 흡착된 채 하늘로 올라가는 부겸의 처참한 모습이 희미하게 찍혀 있었다. 하지만 경비대원은 물방울이 카메라 렌즈에 튀어 반사된 것이라고 하며 토니의 말을 믿지 않았다. 그로부터 3일 뒤에 경남 통영 앞바다에서 한 구의 해파리 시신이 발견되었다. 몸무게가 1톤이나 되는 대형 해파리 안에서는 중년 남자가 죽은 새우 200여 마리와 함께 잠들어 있었다. 그의 온몸은 굵은 채찍에 맞은 듯 피멍으로 얼룩져 있었다. 신기하게도 그의 갈비뼈 사이에 은수저 하나가 끼어 있었다. 사람들이 아무리 몸을 흔들어도 그는 잠에서 깨지 않았다. 덕분에 이 불쌍한 영웅의 몸에 왜 수저가 들어 있었는지 아무도 몰랐다. 다만 모든 것을 체념한 듯 앞으로 고개를 푹 숙인 은수저만이 아름답고 슬프게 빛나고 있을 뿐이었다.

구멍

노인은 배낭에 밧줄을 넣고 다녔다. 아내가 뇌졸중으로 사망한 뒤 전세 아파트마저 경매로 넘어가자 그는 철물상에 가서 밧줄을 샀다. 두툼하고 질긴 밧줄은 무려 30미터나 되었다. 그것을 오래된 갈색 배낭에 넣고 거리로 나온 것이 세 달 전이었다. 배낭에는 밧줄 말고도 소주병과 골판지 상자가 들어 있었다. 여기저기서 끌어모은 상자만으로는 초겨울 추위를 피할 수가 없어서 그는 소주로 열량을 채우고 몸을 데웠다. 노인은 소방관이었던 젊은 시절의 버릇대로 새벽 5시만 되면 눈이 떠졌다. 양철 분유통에 라면 반 개를 끓여 먹는 것이 조촐한 아침 식사였다. 아침을 먹어도 나설 곳은 없었다. 쓰레기 청소를 하면 한 달에 36만 원을 준다는 말을 듣고 시청에 찾아갔으나 이미 공공근로 인원은 다 차 있었다. 하나에 5천 원짜리 빗자루를 팔러 다니기도 했지만 열흘간 단 한 개도 팔리지 않아 하룻밤을 보낸 주차장 마당에 버리다시피 놓고 나왔다. 팔목 베개에 누워 잠을 청할 때마다 밧줄 생각이 났다. 가방 안에 똬리를 틀고 기다리는 밧줄……. 억지로라도 눈을 꾹 감고 있다 보면 공익 근무 요원이 발목을 툭툭 두드리곤 했다. 그러면 그는 도망가는 척 일어나서 화장실로 갔다. 화장실 칸의 가방걸이는 밧줄을 걸기 딱 좋은 데 위치해 있었다. 노인은 이미 둥글게 매어 놓은 밧줄을 거기에 걸었다 뺐다가를 반복했다. 그는 시간을 지체하다가 문득 밖에서 두드리는 소리에 깨어나 헐레벌떡 삶 안으로 뛰어 들어오곤 하였다.

노인이 게딱지 마을에 들어오게 된 것은 그 즈음이었다. 시청역에서 구걸한 돈으로 무작정 버스를 탔는데 깜빡 졸다 내린 곳이 하필 그곳이었다. 게딱지 마을은 백년구 도공동에 있었다. 도공동은 십자로를 중심으로 부촌과 빈촌으로 나뉘어 있었다. 부촌에 있는 45층짜리 아파트에서 대무산 쪽을 바라보면 게딱지 마을이 바라다보였다. 그곳은 금방이라도 잡힐까 봐 꿈쩍하지 않고 엎드린 게들의 군집처럼 보였다. 이곳에 사람들이 촌락을 이뤄 살기 시작한 것은 1980년대부터였다. 서울올림픽 붐과 함께 강남권 개발이 한창이던 그때, 서울시는 한 가지 실수를 저질렀다. 1400가구가 입주한 게딱지 마을을 제외한 나머지 구역만 개발 지구에 넣어 버린 것이다. 덕분에 게딱지 마을은 주변이 고층 빌딩촌으로 변하는 동안에도 여전히 농촌 지역으로 남아 있었다. 게딱지 마을에 사는 1400가구의 주민들은 대부분 농사꾼이었다. 그들은 파리 날개만 한 자작지에 배추나 시금치, 고추 등을 심었다. 하지만 도심 한복판의 매연 속에서 자라나는 채소들은 지방에서 올라오는 신선한 유기농 야채에 비할 바가 못 되었다. 게다가 몇 해째 가뭄과 폭설이 반복되어 농사지을 여건이 아니었다. 장마가 지면 신발장이 비에 잠겼고 하수관마다 악취가 났다. 겨울이면 문을 열지 못할 정도로 많은 눈이 쌓였고 심어 놓은 채소들은 하우스 안에서 꽁꽁 얼어 버렸다. 척박하기 이를 데 없는 땅이었다. 거기서 싹을 틔운 채소를 내다 팔 수 있다는 것 자체가 기적이었다. 열악하기 짝이 없는 빈민가였으나 누구도 그곳을 선뜻 나가 살려고 하지 않았다. 사람들은 농사를 짓거나, 남의 가정에 도우미를 나가거나, 건설현장에서 막노동을 하거나, 구청에서 청소를 하면서도 끝끝내 그곳에 살았다. 찌그러진 캔처럼 누구도 신경 쓰지 않던 이곳이 갑자기 언론지면을 장식하기 시작한 것은 구멍 때문이었다.

구멍을 처음 발견한 사람은 더덕 캐는 할머니의 열한 살 난 손녀딸이었다. 더덕 할머니는 일흔이 넘었는데 더덕을 캐러 대무산에 오를 때마다 "아이고, 내가 빨리 죽어야지."라는 말을 입버릇처럼 하곤 했다. 할머니는 더덕을 치마에 담뿍 담아서 돌아와선 송아지 궁둥이만 한 마당에 앉아 가냘픈 손으로 문구용 칼을 쥐고 더덕을 깎곤 했다. 할머니는 더덕 네 봉지와 벗긴 콩 네 봉지를 양손에 들고 지하철역 앞에서 팔곤 했는데, 그게 다 팔려야만 그날 저녁 손녀와 둘이 먹을 찬거리를 마련

할 수 있었다.

소녀의 집은 마을 한가운데의 개 울타리 근처에 있었다. 그곳은 원래 개를 서너 마리 넣어 놓고 공동 사육하는 곳이었는데, 점점 개들의 숫자가 늘더니 어느덧 20마리가 되었다. 소녀는 개를 관리하는 김 씨 아저씨 허락을 받고 개 한 마리를 꺼내서 함께 산책 나가는 것이 방과 후의 주된 일과였다. 혼자 있는 시간이 많았던 소녀는 고독이라는 병에 걸려 버렸고, 할머니가 황혼 무렵 툴툴거리면서 마을 입구에 나타날 때에야 치유되었다. 소녀는 종일 개 울타리 옆에 앉아 손장난을 하곤 했다. 작은 손을 축축한 땅에 넣어 두꺼비집을 만들거나 손가락 가족극을 하곤 했다. 가족극에 등장하는 가족은 할머니와 소녀뿐이었다. 자신을 할머니에게 맡기고 세상에서 완전히 사라져 버린 부모는 단 한 번도 소녀의 모노드라마에 등장하지 않았다. 가끔 하룻밤 머무는 손님이나, 집배원 혹은 잡상인으로 형태를 바꿔 슬쩍 고개를 들이밀 뿐이었다. 그러나 더럽고 낯선 노인 하나가 찌그러진 분유통을 들고 돌아다니기 시작하자, 개 울타리 옆에서 노는 것도 더는 할 수 없게 되었다. 그 당시 유난히 어린 여자아이들을 상대로 한 성범죄가 들끓고 있었기 때문이다. 할머니는 집을 나서기 전 사타구니에 묻어 둔 쌈지에서 500원을 꺼내 주며 절대 집 밖에 나가지 말라고 당부하곤 했다.

소녀는 할머니가 마을 밖을 벗어나 버스에 오를 때까지 손을 흔들고 있다가, 십자로를 냅다 건너 부촌을 향해 뛰어갔다. 소녀는 종일 도공동 패션 거리에 있는 옷가게와 패스트푸드점, 커피 전문점, 비보이들이 춤을 추는 상설 무대 주변을 걸어 다녔다. 겨울이건, 여름이건 언제나 맨발에 다 떨어진 슬리퍼였다. 메마른 분수대 앞에 쭈그리고 앉아 있으면 동전을 주는 사람이 있을 정도로 소녀의 행색은 초라했다. 할머니는 소녀가 자기 몰래 십자로를 건너갔다 온 것을 귀신같이 알아냈다. 뒷집 할아버지가 알려 줬다고 하면서 "자꾸 그러면 느이 엄마한테 보낸다!"고 하면 소녀는 잘못했다고 싹싹 빌었다. 할머니는 언제나 소녀의 엄마는 심한 알코올 중독자이고 아빠는 귀신같이 생겼었다고 말했다. 그렇게 해야만 소녀가 엄마아빠 노래를 덜 부르리라 생각했던 것이다. 할머니는 끝내 손찌검을 했다. 대무산에서 꺾어 온 대추나무로 손바닥을 3번쯤 때려도 소녀는 울지 않았다. 끝끝내 도공동 쪽엔 얼씬도 하지 않았다고 잡아떼는 것이었다. 소녀는 고집이 셌고 그 때문에 더 자주 외로웠다.

"요새 이상한 영감탱이가 분유통을 두들김서 돌아 댕긴다는데, 못 봤냐?" 할머니가 말했다. 소녀는 고개를 저었으나, 실은 더러운 노인 하나가 버스 정류장 주변을 서성이는 것을 본 적이 있었다. 그 노인을 보자마자 소녀는 무서워서 얼른 하수관으로 도망쳤다가, 옆으로 누워 죽은 쥐를 보고 꺄악 소리를 지르고 말았다. 덕분에 노인이 하수관 쪽을 향해 달려왔고 소녀는 입을 주먹으로 틀어막으며 벌벌 떨고 있었다. 다행히 노인은 하수관 안을 볼 생각은 하지 않고 주변을 서성이다 소리 없이 사라졌다.

"얼마 전 계고장 붙은 데 있잖어, 거기 붙어사는 모냥이데? 생긴 건 꼭 두억시니마냥 생겨 갖고는……. 그러잖아두 세상이 뒤숭숭한데 이러다 잘못 얻어걸리면…… 알아들었냐?" 할머니가 험상궂게 말했다. 소녀는 노인 이야기를 들을 때마다 머리 뒤가 발끈 서는 것 같았다. 그러나 그때뿐이었다. 할머니가 부은 발을 찬물에 담근 채로 꾸벅꾸벅 졸고 있는 저녁이면 소녀는 집을 나왔다. 깜깜한 게딱지 마을을 돌아다니다 보니 하수관 쪽으로 발길이 옮겨 갔다. 그러나 계고장 붙은 폐가 주변에는 인기척 하나 없었고 소녀는 실망만 한 채 집으로 돌아오곤 했다. 할머니한테는 대변을 보고 왔다고 둘러대면 그뿐이었다. 그 시간, 할머니는 팥으로 두부를 만든대도 믿을 만큼 피곤에 절어 있었다. 소녀는 할머니를 요에 눕혀드린 뒤 일기를 쓰다 잠이 들곤 했다.

어느 저녁, 소녀는 개 울타리 옆에서 야구공을 갖고 놀다가 그만 그것을 터진 철조망 사이로 빠뜨렸다. 공은 또르르 굴러 개 울타리 한가운데로 들어가 버리고 말았다. 소녀의 팔은 너무 짧았다. 개들이 서로 장난을 치느라 야구공은 점점 더 깊숙한 곳으로 들어갔다. 개들 중에는 진도에서 직접 데려온 성질 사나운 놈도 있었으나 소녀는 겁도 없이 개 울타리를 넘었다. 색칠이 벗겨진 철조망 끝에 찔려 무릎에서 피가 나는 줄도 모르고 소녀는 정신없이 공을 찾아다녔다. 파란 지붕을 얹은 커다란 개집 하나가 기울어져 있었는데, 그 주위에는 개들이 얼씬도 하지 않았다. 의아했지만, 소녀는 오히려 잘됐다 여기며 개집 밑으로 손을 쑥 밀어 넣었다. 의외로 커다란 구멍이 만져졌다. 소녀는 설거지할 때처럼 구멍을 손으로 샅샅이 훑쳤으나 공은 손에 들어오지 않았다. 손을 다시 꺼냈을 때 빨간 벌레들이 붙은 축축한 흙만 잔뜩 소매에 달려 나왔을 뿐이었다. 소녀는 이상한 생각이 들어 구멍 가까이 얼굴을 들이밀었다. 그러자 흙 주변을 파서 구멍을 만들고 있는 벌레들이 꿈틀대는 게 보였다. 소녀는 그 구멍이 개미집이라고 생각했다. 흙 사이로 손가락을 집어넣어 벌레를 꺼냈다. 그런데 구멍 밖으로 나온 것은 개미보다 100배는 작은 빨간 벌레들이었다. 그것들은 머리에 더듬이가 달리고 다리는 여섯 개였다. 때 아닌 공습에 놀란 빨간 벌레들은 소녀의 손가락 주위로 몰렸다. 소녀는 언젠가 할머니로부터 배고플 땐 개미도 잡아먹었단 얘기를 들은 적이 있었다. 소녀는 이때를 놓치지 않고 벌레가 잡히는 대로 입에 넣어 우적우적 씹었다. 머리가 톡톡 터질 때의 느낌은 시큼하고 짜릿했다. 소녀는 벌레를 더 먹어 보고 싶었으나 개를 관리하는 김 씨 아저씨 눈에 딱 걸리고 말았다. 개 울타리는 그 아저씨 허락 없이는 몰래 들어갈 수 없었다. 소녀는 집으로 돌아와 화장실에 가서 손을 씻었다. 그런데 볼일을 보고 나오다가 그만 화장실 문 앞에서 고꾸라질 뻔하였다. 알고 보니 화장실 밑에 조막만 한 크기로 땅이 움푹 패여 있었던 것이다. 소녀는 몸을 바짝 엎드렸다. 그러자 조금 전 개집 밑에서 보았던 빨간 벌레가 구멍을 파고 있는 것이 보였다. 겨우 벌레 세 마리가 구멍을 파나가는 속도는 엄청났다. 소녀는 조금 무서운 생각이 들어서 처마 위에 얹어 둔 돌로 벌레를 죽일까 생각해 보았다. 하지만 이상하게도 공포심보다 조금 전 맛보았던 그 시큼한 맛을 다시 맛보고 싶다는 욕구가 더 강해졌다. 소녀는 벌레 두 마리를 잡아서 혀 위에 놓았다. 벌레들은 혀 위에서 톡톡 소리를 내며 녹아 버렸다. 침 속의 아밀라아제 성분이 벌레를 죽여 버린 것이었다. 소녀는 점차 이 벌레 맛에 중독되어 갔다. 이 맛을 더욱 잔인하게 느끼기 위해 손가락에 꿀이나 물엿을 발라 보기로 하였다. 그러자 달콤함과 새콤함을 동시에 느낄 수 있었다. 얼굴을 씻을 때나, 밥을 먹을 때나, 계속해서 그 빨간 벌레의 환영이 떠올랐다. 자려고 이불을 콧구멍 아래까지 덮어쓰고 누웠을 때도 구멍 속의 벌레가 생각났다. 구멍은 마치 한숨을 쉬고 있는 것처럼 벌렁거리고 있었다. 그런 속도라면 구멍은 점점 커져서 마당을 완전히 뒤엎어 버릴 수도 있었다. 소녀는 문득 겁이 났다. '그렇다면, 그 개집은 대체 어떻게 버티고 있었던 거지?' 소녀는 다시 밖으로 나가고 싶었으나, 전날 저녁에도 할머니한테 맞은 기억 때문에 선뜻 나갈 수 없었다. 소녀는 자꾸만 같은 장면이 떠올랐다.

두 개의 더듬이와 여섯 개의 다리가 달린, 딸기 씨보다 작은 이 빨간 벌레가 흙 속에 깊은 구멍을 내고 있었던 모습이……. 소녀는 밤새 구멍 생각을 하다가 잠이 들고 말았다.

다음 날 일어났을 때 소녀는 동네 개들이 컹컹 짖는 소리를 들었다. 이른 아침부터 20마리의 크고 작은 개들이 난동을 부리기 시작하니, 동네 사람들이 하나둘 개집 근처로 자연히 모여들게 되었다. 마치 마을 운동회라도 열린 듯 어수선한 분위기였다. 소녀도 할머니 치마를 붙잡고 눈곱도 떼지 않은 채 그것을 구경하러 나왔다. 사람들 틈에서 몇 시간 전, 파란 지붕의 개집이 폭삭 주저앉았다는 말이 선명하게 들려왔다. 그러자 소녀는 정신이 번쩍 들었다. 그렇다면 그 많은 벌레들은? 대충 둘러보아도 벌레들은 눈에 띄지 않았다. 구멍 깊숙이 숨어 버렸을 것이었다. 소녀는 갑자기 무서워졌다. 그 벌레들이 흩어져서 이미 구멍을 파기 시작했다면? 벌레들은 이미 생존본능을 발휘해 흙 속에 완전히 숨어 버리고 말았다. 개집을 들어 올리던 장정 두 사람이 구멍 밑에서 뭔가를 발견하고 고함을 질러댔다. 개집을 받치고 있던 나무 지지대 밑에서 김 씨 아저씨가 늘 신고 다니던 보라색 고무 슬리퍼 한 짝이 보였던 것이다. 그것을 발견하자마자 김 씨 아저씨의 큰딸이 그 자리에 주저앉고 말았다. 딸은 신발 한 짝을 가슴에 앉고 흐느끼기 시작했다. 사람들은 나무로 된 사과 상자를 쪼개 만든 지지대를 걷어냈다. 그러자 쓰러진 김 씨 아저씨의 몸뚱어리가 나타났다. 김 씨는 거대한 진흙 구덩이 안에 버려진 것처럼 모로 누워 있었다. 그의 늙수레한 뺨은 깊이 패여 죽음을 더욱 초라하게 만들어 주었다. 게딱지 마을 주민들은 모두들 뒷걸음질을 쳤다. 대체 이게 어찌된 일이야? 여자들은 입을 가리며 눈을 크게 떴다. 나무를 걷어 내자 구멍은 시골 외양간만큼이나 컸다. 마치 외계에서 날아온 운석이 쿵 하고 떨어진 것 같은 모양이었다. 사람들은 구멍을 보고도 믿지 못했다. 만약에 정말로 운석이 날아왔다면 개집도 거덜이 났어야 했다. 사람들은 대체 저 구멍이 어떻게 생겨났는지 의아하기만 했다. 아무리 살펴봐도 김 씨의 몸에는 외상이 없었다. 김 씨가 스스로 구멍에 빠져 죽었다고 말하기에도 석연찮은 구석이 많았다. 사람들은 성실하기로 소문난 김 씨 아저씨가 자살할 리 없다고 수군댔다.

"그렇다면 살인이다!" 누군가 소리를 질렀다. 김 씨가 정말로 살해당했을지도 모른다는 의혹들이 쏟아져 나오자 김 씨의 큰딸은 무서움에 떨며 울었다. 사람들은 살인인지, 아닌지 가늠해 볼 시간도 없이 살인자를 색출하기에 급급했다. 예전부터 미신을 좋아하는 더덕 할머니는 손녀의 귀에 대고 또 미심쩍은 소리를 하였다. 예전에 게딱지 마을에서 구청 상대로 투쟁을 벌였을 때, 동네를 돌아다니던 미친 여자가 사라진 적이 있었다. 그 여자는 아이만 가지면 유산을 하는 통에 정신이 돌았는데, 아마도 대무산 어딘가를 미친년처럼 돌아다니다 발을 헛디뎌서 죽은 뒤 게딱지 마을 아래 한을 품고 누워 있다는 거였다. 그러니까 그 구멍은 그 미친 여인의 사타구니와도 같다는 거였다.

그때 사람들이 양철 분유통을 들고 다니는 낯선 노인을 찾아 하수관으로 달려갔다. 노인은 귀가 어두워서 개가 짖는 소리는커녕, 사람들이 모여서 웅성거리는 소리도 전혀 듣지 못한 채 하수관 근처의 폐가 화장실 앞에서 태평하게 잠자고 있었다. "살인자!" 김 씨 아저씨의 딸이 소리치고, 장정들은 노인의 멱살을 잡았다. 노인은 손을 거세게 흔들며 항변했다. "이거 놔, 놓으라니까! 그럼 경찰을 부르라구, 경찰!" 사람들은 웃었다. "경찰이라구? 흥! 우린 그렇게까지 해서 집에서 쫓겨나고 싶진 않아." 장정 하나가 말했다. "오호라, 이제 보니 이 영감이 잔꾀를 썼군? 경찰 오는 걸 우리가 싫어하는 걸 알구 태연히 살인을 저지른 거야!"

게딱지 마을 사람들은 몇 년째 백년구청과 경찰을 상대로 투쟁 중이었다. 구청 직원들은 늘 찾아와 멀쩡히 사람 사는 집에 계고장을 붙여 놓고 갔고, 그때마다 진탕 싸움이 났다. 싸울 힘이 없는 이들은 직원들과 숨바꼭질하듯 마을 교회로, 남의 집으로 피신을 다녔다. 그러나 노인이 그 일을 알 턱이 없었다. 그는 멱살이 잡혀 숨이 끊어질 듯 괴롭고 억울했다. 그는 다 죽어가는 목소리로 평생 노숙자로 살았으며 게딱지 마을에 잠시 들렀다가 빈 집이 있기에 들어간 것뿐이라고 하소

연했다. 그때 더덕 할머니의 손녀가 폐가 앞으로 달려왔다. "이 할아버지는 아니에요." 억울한 표정의 노인은 고개를 돌려 소녀를 보았다. 어린 나이에도 불구하고 소녀는 그 마을의 누구보다 어둡고 음침한 얼굴을 하고 있었다. "이 벌레가 구멍을 내고 있었어요." 소녀는 혀를 내밀었다. 빨간 벌레가 혀 위에 죽은 채 있었다. 사람들은 대체 이 꼬마가 뭔 얘기를 하나, 싶은 표정으로 소녀를 보았다. "정말이에요. 벌레가 구멍을 내지 못하게 제가 먹고 있었어요." 소녀는 벌레를 꺼내 손바닥에 놓고 사람들에게 보여 주었다. 그것은 바퀴벌레도 거미도 닮지 않은 괴상한 벌레였다. 그것을 보고도 사람들은 소녀의 말을 믿지 않았다. "이 구멍은 무서운 괴물이여! 인자 보라니께. 슬슬 이 구멍이 우리 게딱지 마을을 거덜 내고 말 텐께!" 더덕 할머니가 분노에 차서 말했다. 사람들은 괜히 할머니가 노망났다고 투덜댔으나, 그날 밤 잠들기 전 더덕 할머니의 말이 자연히 떠올랐다. 더덕 할머니도 구멍 때문에 잠을 못 이루는 날들이 많아졌다. "다음엔 우리 차례여." 할머니는 손녀의 얼굴을 보며 한숨을 푹푹 내쉬다가 기둥에 등을 기댄 채 그대로 잠들어 버리곤 하였다.

며칠이 지나자 구멍은 수십 명이 들어가서 데굴데굴 굴러도 좋을 정도로 커져 버렸다. 도시 한복판에 거대한 구멍이 생겨났다는 말에 취재 온 기자들도 있었다. 하지만 이 기이한 현상이 신문 1면에 나는 일은 없었다. 화장실에서 변비 걸린 사람들이 외로움을 달래기 위해 닥치는 대로 읽을 때에야 겨우 발견될 수 있을 그런 작은 기사들로만 소개되었을 뿐이다. 그때만 해도 구멍은 도심 한복판에 숨어 살던 무허가 판자촌의 이름을 세상에 알리는 해프닝 정도로 보였다. 그러나 구멍 때문에 지질학자들이 찾아오기까지 하자, 호사가들은 슬슬 이 구멍을 놓고 말세의 증거니, 종말론이니 하는 얘기들을 떠들고 다녔다. 게딱지 마을에 난데없이 커다란 구멍이 생겨났다는 소식을 듣고 어느 시인은 이렇게 읊었다. '너는 언제나 젖어 있고 사람들에게 진솔하다. 내가 너를 처음 보았을 때 너는 아직 덜 자란 이끼였다. 아무도 보아 주지 않는 곳에 홀로 피어 있는 이끼. 우물 저 깊은 곳에 홀로 숨 쉬고 있는 이끼. 그리하여 1년에 1밀리미터를 틔우는 조용한 풀. 너는 그렇게 아무도 보아 주지 않는 곳에서 삶을 체념하며 살아가고 있었다. 사람들이 상상하고 있을, 상상으로 인해서 더욱 음탕해질 바로 그것…….' 그는 그 구멍이 자연의 사타구니요, 인류의 어머니라고 말하기도 했다. 자정 뉴스의 인터뷰에 나와서 말했기를 망정이지, 9시 뉴스였다면 아마 전화통에 난리가 났었을 것이다. 그러나 시를 역겨워하는 사람들 역시도 그 구멍이 원초적인—둥그렇고 안으로 움푹 팬—모양을 띠고 있다는 데는 이의가 없었다. 구멍은 신화적, 인류학적, 도상학적인 측면에서 보았을 때 확실히 성적인 데가 있었다. 불임이 된 여자가 밤에 몰래 게딱지 마을에 숨어 들어와 구멍 앞에 부적을 붙이고 절을 하기도 한다는 소문도 나돌았다. 사람들은 어느새 구멍에 기복 신앙을 부여해 버렸다. 신앙의 힘은 점차 커지더니 급기야 게딱지 호(湖)—그곳은 어느새 그런 신성한 이름으로까지 불렸다—에서 목욕을 하면 몸이 낫는다는 이야기마저 들려왔다.

그간 근근이 버티던 게딱지 마을의 집들은 난데없이 등장한 구멍에 어이없이 허물어졌다. 어제는 영철이네, 그다음 날은 미진이네가 집을 잃었다. 사람들은 갈 곳이 없었다. 그들은 산허리 쪽으로 터전을 옮기고 임시 천막과 비닐하우스를 설치했다. 교회에는 게딱지 마을 비상대책위원회를 열 수 있는 임시 막사가 마련되었다. 그러던 어느 날 영철의 아내가 집에 돌아오지 않았다. 영철이 식구들은 1주일간 마을 주변을 찾아 헤맸다. 영철은 대무산의 단풍나무에 목을 매단 아내의 시신을 발견했다. 분홍색 스웨터 주머니를 아무리 뒤져도 유서나 종이 쪼가리 하나 없었다. 더덕 할머니는 마치 딸을 잃은 심정이었다. 할머니는 오랫동안 영철 내외와 잘 알고 지냈다. 영철이 택시 일을 나가고 영철이 마누라가 도우미 아르바이트를 하느라 집을 비울 때마다 영철의 두 아들을 돌봐 주며 눈깔사탕을 사 먹으라며 아이들에게 100원짜리를 쥐어 주곤 했었다. 일흔 평생에 이런 애통한 일은 처음이었다. 우려하던 일들이 하나둘씩 일어나자 할머니는 대폿집에서 슬픔을 달래던 비대위 사람들 사이에 껴서 막걸리를 넙죽넙죽 받아 마셨다. 사람들은 한숨을 푹푹 내쉬면서 자책했다. "내가 만날 땅이 꺼져라 한숨을 쉬었드만, 이리 됐나 벼." "머잖아 저까짓 구멍 하나가 우리 마을을 밀어 버릴 겁니다." 마을 주민들은 밤새 뒤척이다 모두 똑같은 꿈을 꾸었다. 아침에 자고 일어나 보니 집 아래에 거대한 구멍이 생겨 폭삭 주저앉은 꿈이었다. 잠에서 깬 사람들은 공포감에 몸서리를 쳤다. 집이 폐쇄될 거라는 계고장을 받고도 끄떡없던 사람들이었다. 20년간 백년구청에서 만날 집을 나가라고 들쑤셔도 끝끝내 지켜낸 집과 비닐하우스와 텃밭이 하찮은 구멍 하나 때문에 허물어져 가고 있었다.

"그 노인 때문이야! 그 노인네가 우리 마을에 굴러들어올 때부터 이런 일이 벌어진 거야." 사내들은 대폿집 테이블과 벽이란 벽은 땅땅 치며 분노했다. 하지만 분유통을 깡깡이처럼 쳐대던 의문의 노인은 어느새 종적을 감춰 버리고 없었다. 사람들은 노인이 굶어 죽었을 것이라며 잘 죽었다고 박수까지 쳤다. 여자들은 세 명만 모여도 교회로 달려갔다. 목사의 기도 끝에 쉽게 아멘이라고 외치지 못하는 이들도 있었다. 기도 모임에서 대체 20년간 신이 그들을 위해 무엇을 해 주었는지 정말 모르겠다고 말했다가 비아냥을 받는 사람들도 있었다.

사태가 악화되자 서울시 곳곳에서 집단 공청회와 토론회가 열렸다. 비대위 측은 매일 아침 서울시에 몰려가 꽹과리와 북을 두드리며 대책 마련을 해 달라고 시위를 했다. 그러나 시는 꿈쩍하지 않았다. 이런 일은 처음이었을뿐더러, 서울시가 적극 추진 중이던 환경 미화 사업과는 아무 상관이 없었기 때문이다. 그리고 구멍에 대한 처리 권한을 백년구청으로 떠넘겼다. 백년구청은 무허가 주민들을 위한 주거지를 내줄 만한 예산이 없었다. 백년구는 서울시에서도 손꼽히는 부유한 구였으나 쓸데없는 곳에는 돈을 쓰지 않는다는 것을 원칙으로 삼았다. 백년구를 둘러싼 잡음이 커지자, 세금의 방만 운영과 횡령 등의 혐의를 받고 있던 백년구청장은 옷을 벗어야 했다.

새로 취임한 백년구청장은 별명이 '불도저'였다. 그는 저돌적인 성격으로 유명했다. 게딱지 마을 주민들은 예전과 다를 바 없이 구청 앞에서 플래카드를 내걸고 피켓을 들어올렸다. 주민들의 성토에 구청 직원들은 매일이 고단했다. 점심시간에도 밖에 나가기 무서워 끼니를 거를 정도였다. 밖에 나가는 순간 사람들이 던지는 계란에 맞은 직원들이 한둘이 아니었기 때문이다. 그런데 알고 보면 그 구청 직원들 중의 5퍼센트는 게딱지 마을 출신들이었다. 가난에 찌들어 가면서도 그 부모들이 한 푼, 두 푼 아껴 모은 돈으로 대학을 보내 준 덕분에 그들은 매일 딱딱한 의자에 앉아 편안히 업무를 볼 수 있었다. 그러나 직원들이 사람들을 일일이 붙잡고 해명할 필요까지는 없었다. 그들은 만사가 귀찮아져서 점심시간에 밖을 나가는 대신 자장면을 시켜 먹었다. 게딱지 마을 사람들은 분노했다. 어떤 날은 배달원의 철가방에서 전기 드릴이 나온 날도 있었다. 배달원으로 변장한 사람은 게딱지 마을에서 고물상을 운영하던 아저씨였다. 그 사람은 드릴을 머리에 박아 넣겠다고 항의하면서 당장 신임 구청장을 만나게 해 달라고 했다. 구청 직원들은 발발 떨면서 이 남자가 언제 자기 머리통에 드릴을 집어넣을까 걱정했다. 다행히 남자의 뇌에 금속 못이 관통하는 일은 없었다. 그가 가져온 드릴의 전깃줄이 너무 짧은 탓에 금방 코드에서 뽑혔기 때문이다. 아르바이트 학생이 남자를 용감하게 뒤에서 붙잡았기 때문에 다행히 인명 피해는 발생하지 않았다. 마침 그날 불도저는 구의원 당선자를 위한 축하 파티에 갔다가 잘못 터진 샴페인 코르크 마개에 눈을 맞고 입원해 있었다. 나중에 이 사실을 보고받은 그는 내심 기뻐했다. 저 지긋지긋하고 더러운 마을을 밀어 버릴 절호의 기회였다.

이미 게딱지 마을의 해악은 알려진 지 오래였다. 이 지역은 완벽한 무허가 주거 지역이었다. 1980년대 말 철거민들이 이주해 오면서 생겨난 이 마을은 웰빙의 상징인 백년구의 골칫거리였다. 처음 이곳을 세운 1세대 철거민들은 게딱지 마을이라는 공동 주거지역을 일구면서 구 이름처럼 100년만 버틸 수 있게 해 달라고 빌었다. 실제로 그들의 바람이 통했는지 그들은 20년째 이곳에서 버텼다. 그러나 대부분의 집이 낡은 슬레이트판과 어디선가 뜯어 온 문짝, 비닐, 가연성 물질로 만든 데다, 다닥다닥 붙어 있어서 건조기가 되면 화재가 빈번히 일어났다. 하수 시설이나 정화 시설이 없어서 이 지역 주민들은 늘 질병에 노출되어 있었으나 제대로 된 복지 혜택을 받지 못했다. 그래서 불이라도 나는 날에는 가구 열 채가 순식간에 타버렸고, 쓰레기 같은 악취와 검은 연기는 십자로 건너편에 솟은 고층 빌딩으로까지 퍼져 나갔다. 고층 빌딩에 사는 사람들은 집단 두통을 문제 삼아서라도 게딱지 마을 주민들을 너끈히 이길 수 있는 부와 권력이 있었다.

불도저는 재임 기간 중 가장 중요한 일로 서울에서도 깨끗하고 윤택하기로 이름난 백년구의 이미지에 먹칠을 하는 게딱지 마을을 없애는 것을 꼽았다. 그 일로 1400가구의 주민들이 하루아침에 집을 잃을 수도 있었다. 그러나 20년간 무허가 임대 주택을 거의 공짜로 내준 것만으로도 감지덕지할 일이라고 그는 생각했다. 그동안 게딱지 마을의 재해 예방을 위해 쏟아부은 10억여 원 때문에 정작 백년구의 모범 주민들에게 세수 혜택이 돌아가고 있지 않은 것은 불편부당한 일이었다. 환경 단체와 종교 단체의 만류에도 불구하고 불도저는 백년구의 도시 개발 사업 계획을 밀고 나갔다. 이 사업의 골자는 게딱지 마을의 저소득층을 위한 분양 주택 3000여 가구 및 대규모 공원과 위락 시설을 만든다는 것이었다. 또한 게딱지 마을 밑에 흐르는 천연 지하수를 개발하여 식수 공급에 기여하겠다는 것이 불도저의 생각이었다. 게딱지 마을 밑에는 대무산 계곡을 따라 물이 흘러내렸다. 그 물은 거의 30년간 개발되지 않아 천연 암반수나 다름없었다. 수질 조사를 실시한 결과 식용수로 최상의 합격점을 받았다. 자신감을 얻은 백년구청장은 공람

공고를 하고 백년구의회를 소집한 뒤 도시계획위원회 자문을 받아 끝내 백년마을을 도시 개발 구역으로 지정했다. 불도저가 도시 개발 사업지구로 게딱지 마을을 지목하고, 민자 사업단을 모집하자, 대무산의 원통사(寺) 주지들이 몰려가 항의를 하기도 했으나 헛일이었다. 이미 불도저의 머릿속은 깨끗하고 반듯반듯한 빌딩숲과 개들과 어린이가 뛰어놀 수 있는 잔디밭, 분수가 쏟아지는 오후의 공원처럼 낙관적인 희망들로 가득 차 있었다. 그는 갑작스럽게 생겨난 구멍의 존재에 깊이 감사하고 있었다.

그런데 그해 여름 100년 만의 폭우가 내렸다. 구멍에 물이 잠기면서 게딱지 마을에 거대한 호수가 생겼다. 폭우로 인해 지하수 개발을 하던 인부와 트럭 세 대가 구멍에 빠져 실종되는 일이 벌어지면서 도시 개발 사업에 금이 가기 시작했다. 더욱이 구멍의 원인을 규명하던 연구자들은 게딱지 마을의 오래된 하수관에서 새어나온 물이 지반을 약화시켜 지하수 개발이 힘들다는 잠정결론을 내렸다. 예산 낭비라는 비난이 빗발치자 불도저는 이번에는 구멍을 메우는 사업을 시작했다. 한쪽에서는 구멍을 파고 다른 한쪽에서는 구멍을 내느라 백년구는 언제나 공사 중이었다.

게딱지 마을에는 호수에 몸을 던져 죽는 사람들이 생겨나기 시작했다. 자살자들은 유서에 '더는 발붙일 곳이 없다. 이제 몸 누일 땅은 있겠지.'라고 썼다. 혈서로 쓴 사람도 있었다. 그러나 자식에게 얼마의 재산을 물려주겠다고 유언장을 미리 남긴 사람은 아무도 없었다. 이름 없는 사람들이 세상에 빚을 남기고 아스라이 사라져 갔다. 남아 있던 주민들은 창고에서 녹슬어 가던 농기구를 꺼냈다. 곡괭이와 삽, 꽃삽 등 흙을 파낼 수 있는 것이면 뭐든지 동원되었다. 그들은 대무산에서 흙을 퍼다 날랐다. 수십 미터의 구덩이 밑에서 빗물과 구정물을 마시며 죽어 간 가족이나 다름없는 사람들을 위해 한 삽 한 삽 흙을 떴다. 집단 장례식이나 다름없었다. 사람들이 열심히 흙을 가져다 구멍을 메웠으나, 구멍은 좀체 채워지지 않았다. 왜 하필 우리 마을이냐며 구멍을 향해 주먹을 쳐 올리는 사람들도 있었다. 사람들은 단체로 무릎을 꿇고 목사의 설교에 따라 기도를 올리기도 했다. 그러나 간절한 기도에도 불구하고 구멍은 게딱지 마을 전체를 거대한 포클레인으로 솎아낸 것처럼 커지고 말았다.

이 모든 사태가 딸기 씨 크기도 안 되는 작은 벌레에 의한 것이라고 생각한 더덕 할머니의 손녀는 눈에 보이는 빨간 벌레는 닥치는 대로 먹었다. 잘못해서 무당벌레가 콧구멍에 들어가는 바람에 숨을 못 쉬고 컥컥댄 적도 있고 배탈이 나서 병원 신세를 진 적도 있었다. 그러나 병실에 누워서도 소녀는 어떻게 하면 그 못된 벌레를 소탕할 수 있을까 생각했다. 어느 날 좋은 꾀가 생각났다. 구멍을 파는 빨간 벌레가 정력에 좋다는 소문을 병원에 퍼뜨리기로 한 것이다. 장난스레 퍼뜨린 소문은 삽시간에 퍼졌다. 비아그라 마니아들이 밤마다 몰래 게딱지 마을 주변을 서성였고, 부부가 함께 이곳에 들렀다가 구멍에 빠져 죽기도 하였다. 그러나 벌레가 눈에 띄게 줄었는데도 구멍은 여전히 늘어나고 커지기만 했다. 소녀는 점차 불안해졌다. 벌써 주변의 모든 집들이 구멍에 스러져 버렸는데, 유독 자신의 집은 땅 위에 그대로 버티고 있었던 것이다. 소녀는 언젠가 그들도 집에서 도망칠 때가 올지도 모른다고 두려워하면서 벌레를 깨작깨작 씹어 먹었다. "이게 다 불도저가 벌인 짓이 분명하당께! 구멍을 핑계로다가 우리 게딱지 마을 주민들을 전부 내쫓아내려는 계략이란 말이여!" 할머니는 점점 목이 쉬어 갔다. 주민들은 일도 내팽개치고 밤이고 낮이고 구멍을 메우는 일에 열중했다. 이제 게딱지 마을에 남은 호수는 50호도 채 되지 않았고 남은 사람들 사이에는 "구멍에 확 파묻어 버릴랑게!"라는 말이 유행어처럼 돌아다녔다.

그 무렵 게딱지 마을에 나타났던 노인은 대무산에 굴을 파고 들어가 생활하고 있었다. 마을 사람들에게 쫓겨난 뒤 그는 절 밥을 훔쳐 먹곤 하였다. 구멍이 생겨난 이후로는 마을의 혼란을 틈타 훔쳐 온 쌀을 분유통에 넣어 밥을 해 먹었다. 하루하루 연명하는 신세는 변함이 없었으나 그는 뜬벌이하던 때보다 더 마음이 편안했다. 주변이 불안해질수록 침착해지는 것은 젊은 시절 재해 현장을 누비고 다녔던 경험 덕분이었다.

한때 그의 목숨이 걸려 있던 밧줄에는 이제 그의 속옷과 양

말이 걸려 있었다. 그는 팬티와 양말만 걸친 채 가장 높은 바위 위로 올라갔다. 그의 시력은 젊은이 못잖았다. 구멍 난 게딱지 마을이 한눈에 보였다. "꼭 부스럼 난 대가리마냥…… 쯔쯧." 그의 시선을 사로잡은 것은 구멍들 속에 우뚝 서 있는 집 한 채였다. 사실 그 집은 몇 개월째 구멍에 잡아먹히지 않은 채 희한하게 버티고 서 있었다. 노인은 이곳에 처음 왔던 일이 떠올랐다. 그가 느닷없이 김 씨의 살인범으로 몰렸을 때 자신을 변호해 준 소녀가 그 집에 살고 있었다. 소녀가 벌레를 잡아먹은 탓인지는 몰라도, 다른 집들이 무너져 갈 때 그 집만은 용케 살아남아 있었다.

십자로 건너편도 예전과 많이 달라진 모습이었다. 백년구도공동의 부촌과 빈촌 사이 십자가처럼 누워 있던 십자로 한복판에 구멍이 뻥뻥 뚫리면서 메르세데스 벤츠와 BMW와 폭스바겐과 미니쿠퍼가 희생 제물이 되었다. 구멍은 십자로를 건너 아파트, 법원, 멀티플렉스, 옷가게, 패스트푸드점, 커피전문점을 휩쓸고 지나갔다. 구멍은 위아래를 구분하지 않았다. 거식증 환자처럼 속이 메워지면 다시 토해내고 메워지면 또 토해내기를 반복했다. 이렇게 구멍은 새로운 땅을 찾아 멈추지 않고 나아가고 있었다. 대무산을 제외한 거의 모든 곳에 구멍이 생기면서 땅이 푹푹 꺼져 갔다.

노인은 게딱지 마을을 뒤덮은 호수를 바라보다 이상한 기운을 느꼈다. 호수가 미묘하게 흔들리고 있었다. 부슬비가 오고 있었지만 비 때문만은 아니었다. 며칠간 잠잠하던 호수가 흔들리는 이유는 단 하나밖에 없었다.

그날 새벽, 노인의 눈이 어둠 속에서 희번덕거렸다. 그는 잠을 잘 수 없었다. 비슷한 느낌은 전에도 여러 번 있었다. 그는 30대 초반에 겪은 불광동의 화재 사건을 떠올렸다. 불이 집안 곳곳에 옮겨 붙으며 가구며, 사람이며 할 것 없이 잡아먹던 끔찍한 공포의 현장이었다. 그는 처음으로 인간의 내장이 헬륨 가스가 든 풍선처럼 뻥, 뻥 소리를 내며 터지는 것을 목격했다. 그때 가구의 잔해에 파묻힌 여인 하나를 구해냈었다. 그러나 이미 그녀의 몸은 불에 반쯤 타들어간 뒤였다. 녹은 내장에서는 인간이 무너지는 냄새가 났다. 그녀는 그의 꿈에 반복해서 나타났다. 30년이 지난 지금도 그 냄새를 잊을 수 없었다. 그 냄새가 다시 코끝을 간질이려 할 때 쾅쾅 하는 소리가 산 아래에서 들려왔다. 그는 밧줄을 타고 나무 위에 올라갔다. 치즈가 녹아내리는 것처럼 집 한 채가 구멍 아래로 스르르 빠지는 것이 보였다. "설마……?" 쾅, 쾅! 다시 굉음이 들렸다. 눈앞에서 도깨비불이 튈 정도로 무서운 소리였다. 그는 나무에서 내려와 밧줄을 풀어 배낭에 넣었다. 그리고 굴속에 들어가 몸을 웅크렸다. 쾅, 쾅! 그 소리는 새벽 4시까지 계속되었다. 이상한 것은 사이렌 소리가 들리지 않는 일이었다. 그러고 보면 십자로 건너에서는 자주 눈에 띄었던 사이렌 불빛이 게딱지 마을에서는 거의 보이지 않았다. 굉음이 가라앉자, 노인은 그제야 자리에서 일어났다. 바위 위로 올라가서 본 마을은 어슴푸레한 어둠에 깔려 있었다. 하지만 호수의 수면이 더는 흔들리지 않는 것을 노인은 알아챘다. 그는 서둘러 배낭을 멘 뒤, 발목이 꺾일 듯 산 아래로 내려가기 시작했다.

소녀의 집은 반쯤 밑으로 가라앉아 있었다. 문짝과 창문은 다 부서져 버렸고, 콘크리트와 철근이 얽힌 바윗돌들은 운석처럼 지붕 위에 떨어져 있었다. 주변의 집들은 이미 바수어진 상태였다. 노인은 잔해 사이를 헤치며 사람을 찾아보았으나 인기척이 없었다. 소녀의 집을 무너뜨린 구멍은 단층처럼 여러 겹이 겹쳐지며 나선형 계단을 만들어 놓고 있었다. 그러나 구멍이 또 언제 무너질지 모르기 때문에 맨몸으로 덤벼드는 것은 무리였다. 그는 주변을 다시 살폈다. 그때 마침 불도저 하나가 집 근처에 서 있는 것이 보였다. 노인은 재빠른 손놀림으로 불도저 몸체에 밧줄을 묶었다. 그는 밧줄에 여러 가닥의 매듭을 만들었다. 그런 다음 밧줄을 여러 번 잡아당겨 이상이 없는지 확인했다. 그는 밧줄의 다른 쪽 끝을 허리에 감았다.

노인은 꺾어 신고 있던 신발을 제대로 고쳐 신은 뒤 천천히 구멍 아래로 내려갔다. 이상하게도 구멍 속에 들어간 순간 노인의 시간은 완전히 느려졌다. 다른 어떤 곳보다 푹 꺼진 땅. 그 속을 홀로 걷고 있으니 그는 어쩐지 다른 차원에서 온 것 같은 생각이 들었다. 노인은 떨어져 나온 화장실 문짝을 난간처럼 아슬아슬하게 걸쳐 놓은 뒤 무너져 가는 집의 천장에 발을 디뎠다. 조금만 삐끗해도 문짝이 아래로 쓰러질 듯했다. 그리 되면 노인은 부서진 집과 구멍의 내벽 사이의 좁은 틈에 끼여 살려 달란 비명도 못 지르고 죽을 수도 있었다. "안에 누가 있소?" 노인이 소리쳤다. "살려 주세요!" 소녀는 처마 지붕 위에 고양이처럼 납작하게 몸을 엎드린 채 울먹거리고 있었다. "이리 오렴!" 노인이 손을 내밀었다. 하지만 소녀는 선뜻 몸을 일으킬 생각을 하지 못했다. 노인은 불도저 쪽을 바라보았다. 불도저가 서 있는 땅이 얼마나 안전한지 그는 알 수 없었다. 소녀의 몸을 끌어당겼다가 불도저가 고꾸라지기라도 하면 두 사람은 거대한 기계와 함께 순식간에 구멍 안으로 처박힐 수도 있었다. 노인은 허리에 묶인 밧줄을 풀었다. "이걸 허리에 묶어라!" 그가 밧줄을 건넸지만 소녀는 눈만 동그랗게 뜬 채 주저앉아 있었다. "괜찮다. 여기 매듭을 하나씩 밟고 올라오면 된다." 노인은 그렇게 말한 뒤 소녀가 밧줄을 허리에 묶을 때까지 기다렸다. 밧줄이 팽팽하게 당겨졌다. 노인은 두 손에 침을 탁탁 뱉은 뒤 그것을 힘껏 잡아당겼다. 소녀의 몸이 공중으로 붕 떴다. 노인은 그때를 놓치지 않고 소녀의 겨드랑이에 손을 넣어 지붕 위로 잡아당겼다. 마침내 소녀가 앞으로 고꾸라지듯 지붕 위에 털썩 주저앉았다. "괜찮냐? 할머니는?" 노인은 아래를 연신 내려다보았다. 그 순간 다리가 후들거리는 것을 느꼈다. 집이 서서히 아래로 내려가고 있었다. 밧줄에 매듭을 여러 개 묶어 놓았기 때문에 더 내려가면 밧줄의 길이가 짧아져 손에 닿지 않을 수도 있었다. "자고 있느라…… 아무래도 잘못되셨나 봐요." 소녀는 구멍을 바라보며 구슬프게 말했다. "어서 가라." 노인이 소녀의 등을 밀었다. "할아버지는?" "어서 가래두!" 소녀는 밧줄의 매듭을 천천히 밟고 올라가기 시작했다. 소녀의 서툰 발은 몇 번이나 밧줄 위에서 미끄러졌다. 소녀가 마침내 구멍 바깥으로 탈출했을 때는 서서히 날이 밝아 오고 있었다. 노인이 손을 뻗었을 때는 이미 밧줄은 저만치 위에 달려 있었다. "매듭을 풀어!" "너무 꽉 묶여 있어서 풀리지가 않아요." 노인은 화장실에 홀로 앉아, 가방걸이에 밧줄을 걸었다 뺐다 했던 옛날 일을 떠올렸다. '미적미적하다 결국 이 꼴 나는군. 하지만 이미 죽었어야 했을 목숨…….' 밧줄은 점점 멀어지고 있었다. 노인은 누울 자리도 보이지 않는 구멍을 보며 한숨을 쉬었다.

그때 뭔가 거대한 것이 삐걱대는 소리를 내며 지붕 위로 내려왔다. 사다리였다. 누군가 공중에서 사다리를 내려보내 준 것이었다. 노인은 사다리 끝을 구멍의 주둥이에 아슬아슬하게 걸쳤다. 사다리 끝에 서 있던 사람은 더덕 할머니였다. "어서 안 올라오고 뭐 하시오, 노인 양반!" 할머니의 호통에 노인은 사다리를 타고 재빨리 올라갔다. 마지막 디딤 발에 힘을 주며 구멍 밖으로 올라온 순간 집의 지붕이 쿠르르릉 소리를 내며 아래로 떨어져 내렸다. "오늘은 어쩐지 비대위 모임에 가기 싫더만……." 할머니가 소녀를 품에 안았다. "할머니, 이제 우리 쫓겨나는 거예요?" "무슨 소리냐? 이 구멍도 언젠간 하품을 멈출 날이 올 거여. 그 전엔 절대 나가지 않을 거다. 인간은 죽더라도 땅을 딛고 죽어야 하는 거여, 알았냐?"

노인은 한동안 깨어나지 못했다. 그가 다시 눈을 떴을 때는 이미 늦은 저녁 무렵이었다. 게딱지 마을에 살아남은 50여 가구의 주민 전부가 노인을 내려다보고 있었다. 한때 그를 살인범이라고 몰아세우며 멱살을 잡던 장정들이 보이자 노인은 겁이 나서 도망치려 했다. "할아버지, 괜찮아요?" "어디 다친데 없수, 노인 양반?" "뭐 필요한 거 있어요?" 사람들은 앞다퉈 말했다. 노인은 고개를 저으며 자리에서 일어났다. "괜찮소. 물이나 한 사발 주시오. 여기 물맛이 아주 기가 막히거든……." 노인은 침을 꼴깍 삼키며 메마른 입술을 투박한 손으로 문질렀다.

폭식 광대

이 이야기는 인류 최대의 식성을 자랑했던 한 남자의 일대기를 다루고 있다. 그 남자는 이름 하여 '폭식 광대'라고 불렸다.

그는 키 150센티미터의 자그마한 체구였다. 어깨는 좁고 코는 얼굴에 파묻힌 듯 작았으며 숨을 쉴 때마다 늑골이 위아래로 거세게 움직였다. 이렇게 작은 남자가 못 먹는 것은 세상에 없었다. 먹을 때마다 온몸의 뼈와 근육을 움직였고 그 모습은 보는 이를 안타깝게 할 정도였다.

그가 〈기인을 찾아서〉라는 TV 프로그램에 나가 먹어치운 양은 어마어마했다. 삶은 달걀 8개, 마른 오징어 7개, 당면 600그램이 들어간 부대찌개 2인분, 고등어조림, 콩자반, 구운 마늘 양념이 들어간 스파게티와 피자, 감자튀김 두 상자, 다리 14개로만 구성된 치킨 세트, 생크림 케이크, 캐러멜 캔디 두 상자, 포도 12송이, 수박 4통, 진달래 파전 두 장, 옥수수 튀김, 한치 구이, 카레라이스, 달걀카레소스 그라탱, 구운 바

게트, 누룽지 죽, 오므라이스, 두부조림, 냉동 만두가 들어간 떡만둣국, 삼치 조림, 다섯 장의 팬케이크, 오이 냉채가 뿌려진 평양식 냉면 두 그릇, 다섯 장의 팬케이크(그는 팬케이크를 먹었다는 사실을 잊고 또 먹은 것이다), 양배추 러시안 수프, 김치냄비우동, 초밥 20개, 고기완자를 불과 1시간 48분 만에 먹어 치웠다. 그럼에도 불구하고 그는 포만감을 전혀 느끼지 못했다. 배부르기 위해 식사를 하는 것이 아니었기 때문이다. 그는 눈앞의 것을 훔치듯이 먹었다. 훔치는 쾌감을 얻기 위해 입으로도 먹고 코로도 먹었다. 하지만 코로 먹는 일은 쉽지가 않아서, 국수 가닥 하나가 왼쪽 귀로 튀어나온 사건—이것은 훗날 '국수의 저항 사건'이라고 불린다— 이후로 그는 코로 먹는 일은 접었다.

하지만 그의 식탐은 점차 늘어났다. '국수의 저항 사건' 이후, 그는 부쩍 자신에 차 있었다. 그 참에 한가위 TV 특집 프로그램이었던 〈전국 빨리 먹기 대회〉에 나갔다. 전국 각지의 뚱보들이 몰려왔다. 그는 16전승으로 결승에 진출해서 159킬로그램이나 나가는 거대한 여자와 최후의 한판을 벌였다. 사람들은 159킬로그램의 거대한 여자와 38킬로그램에 불과한 남자의 기이한 대결을 흥미롭게 쳐다보았다. 그들은 잔치국수 45그릇, 햄버거 5봉지, 자장면 20그릇, 갈비탕 30그릇, 만두 50개, 유부초밥 70개, 김밥 32줄, 오향장육 23그릇, 대게 47마리, 꽃빵 24조각, 콜라 10잔 그리고 오징어순대 15개를 먹어 치웠다.

마침내 대미를 장식할 하나의 음식이 남았다. 그것은 바로 1미터나 되는 일본산 고래 고기였다. 그는 단 한 번도 고래를 먹어 본 적이 없었기 때문에 입안 가득 침이 고였다. 보는 이들도 이 바보 같은 대결에 흠뻑 빠져 있었다. 최후의 승자는 3000만 원의 상금과 더불어 SUV 차량 한 대, 그리고 1년짜리 핀란드식 사우나 이용권을 받을 수 있었다. 그는 그런 선물보다는 꼭 저 고래와의 싸움에서 승리하고 싶었다. 사람들은 누가 과연 우승자의 자리에 오를 것인가, 흥미진진하게 바라보았다. 뚱보 여자는 끝까지 싸움 상대를 바라보며 굉장히 냉정한 계산을 하고 있었다. 어떻게 먹어야 더 빨리, 더 많이 씹을 수 있을까 재빨리 연구한 뒤 바깥에서 안쪽을 향해 무서운 속도로 고기를 뜯어 먹었다. 반면에 남자는 계산 따위는 하지 않았다. 그는 얼굴을 고래 가슴에 처박고 마치 애무하듯 살코기를 뜯어 먹었다. 요나가 된 기분이었다. 요나처럼 그는 고래의 살 속을 유영했다. 고래 살은 무척 쫄깃하고 담백했다. 그는 매우 빨리, 동시에 매우 정확하게 고기를 씹었다. 덕분에 고래의 맛과 향을 완전히 즐길 수 있었다. 고래를 반쯤 먹었을 때, 그는 자신이 승리하리라는 것을 예상할 수 있었다. 왜냐하면 뚱보 여자가 무척 고통스러워하면서 의무적으로 고기를 먹고 있는 신음소리가 들려왔기 때문이다. 반면 폭식 광대는 호기심 어린 눈으로 음식을 바라보며 입과 코의 근육을 움직이고 있었다. 그는 아직 학명이 붙지 않은 고래를 발견한 고래학자처럼 매우 신중하고 유쾌하게 고래 살을 탐닉했다. 그의 고래는 점차 바닥을 드러냈다. 하지만 뚱보 여자는 들것을 금방이라도 요청하고 싶은 신음을 내며 억지로 먹고 있었다. 마침내 남자가 고래의 남은 한 조각을 먹어 치웠다. 그런 다음 테이블에 놓여 있던 마지막 남은 우유를 한 모금 죽 들이켰다. 이윽고 마이크 상으로 '끄윽' 하는 소리가 새어 들어갔을 때 방청석에서는 '우아!' 하는 함성이 들렸다. 그가 주먹을 불끈 쥐며 위로 쳐들 즈음, 뚱보 여자는 들것을 요청하며 배를 잡고 신음했다. 여자를 애처롭게 바라보며 남자가 혀로 입가를 핥는 장면이 TV 화면에 크게 비쳤다. 그의 윗입술 가에는 우유가 반달 모양으로 남아 있었다.

"멋진 우유 수염이군요! 우승을 축하드립니다!"

아나운서가 재치 있게 던진 한마디로 인해 그는 한때 '우유 수염'이라는 별명으로 불리게 되었다. 그 후 한 우유 업체가 CF에서 우유 수염을 하고 웃는 아이를 발 빠르게 내보낸 것을 시작으로 아이들 사이에서 우유 수염 놀이가 유행하게 되었다. 얼마 후, 모 신문의 주말 섹션에는 '우유 수염, 왜 인기인가?'라는 기사가 실렸다.

그가 '폭식 광대'라는 이름으로 본격적으로 불리게 된 것은 한 암 전문의가 쓴 칼럼 때문이었다. 그는 이 우유 수염의 인기를 카프카의 『단식 광대』라는 잘 알려지지 않은 단편 소설의 주인공에 빗대었다. 그는 단식 광대의 주인공처럼 폭식 광대도 언젠가는 먹을 것의 희생양이 될 것이라는 비판적 어조로 글을 썼다. 그러나 그때까지만 해도 그의 글을 눈여겨본 사람은 없었다. 때마침 폭식 광대가 대필 작가에게 맡겨 쓴 『폭식 광대』라는 자서전이 나오자, 『폭식 광대의 비밀』, 『내가 단식을 포기한 이유』 등의 책들이 줄줄이 나왔다. 특히 『적당히 먹어라』는 지난번 폭식 광대를 비판한 그 암 전문의가 쓴 책이었다. 그는 한국인이 폭식 광대처럼 먹는다면 절반이 10년 안에 당뇨병, 위암, 대장암 등에 걸려 죽게 될 것이라고 조용히 경고했다. 그러나 이 책은 실용서 부문 베스트셀러 30에 진입하자마자 3년 전에 출간된 『지나치게 먹은 사람들』이라는 책의 저자가 표절 제기를 하는 바람에 완전히 묻히고 말았다. 폭식 광대에 대한 잡음이 끊이지 않았으나 이 논란들이 폭식 광대의 인기를 드높였다. 인터넷에는 '많이 먹고 예뻐지기'라는 카페가 등장했고, 온라인 쇼핑몰에서는 폭식 광대의 그림이 찍힌 열쇠고리와 부채가 폭발적으로 팔려 나갔다. 제한 시간 안에 얼마나 많은 음식을 먹을 수 있는지를 테스트하는 '폭식 광대 게임'은 버전 3.0까지 나왔는데 종로의 한 게임장에서 아이들끼리 그것을 서로 하겠다고 다투다가 싸우는 사태까지 빚어졌다. 그가 먹은 요리를 파는 곳은 사람이 미어터질 지경이었고, 폭식 세트 A, B 세트를 만들어 세 시간이 걸려도 다 먹지 못할 점심 메뉴들을 팔았다. 폭식은 웰빙과 소식(小食)으로 대표되던 식문화에 새로운 바람을 불러일으켰고, 점차 하나의 유희이자 장르로 인정받기까지 했다.

폭식 광대의 인기가 올라가자, 그는 전국을 돌아다니며 폭식 쇼를 선보였다. 마늘 아가씨 대회에서는 열 접의 마늘을 삼켰고, 오징어 말리기 대회에서는 158축을 집어삼켰다. 그의 쇼는 초특급 가수에 준하는 값을 받았다. 한 달에 20개 정도의 먹기 쇼를 나가야 할 정도로 바빴기 때문에 전담 매니저를 둬야 할 지경이었다. 그의 자서전을 대필해 준 작가가 매니저를 자처했다. 그는 일거리가 떨어져 놀고 있었기 때문에 매니저 일에 매우 적극적이었다.

사람들은 폭식 광대가 음식을 먹어 치우는 모습을 보면 어쩐지 답답한 기분이 뻥 뚫린다고 했다. 또 다른 이들은 그가 인간 육체의 한계에 도전한 영웅이라고 칭송하기도 했다. 더욱이 폭식 광대의 인기 때문에 무리한 다이어트에 열중하던 여자들 중 절반가량이 다이어트를 포기했다는 통계가 나오자 여성주의 단체까지 움직이기 시작했다. 그간 다이어트와 성형수술 및 여성의 성 상품화를 반대해 온 이들 단체는 반(反) 다이어트 운동을 전개하고, 폭식 광대를 강연에 초청하기도 했다. 강연에서 그는 자서전에서도 밝히지 않은 비화에 대해 처음으로 입을 열었다.

그는 폭식 광대로 알려지기 전까지만 해도 고아 출신의 가난한 자전거 수리공에 불과했다. 고아원에서 알고 지내던 형의 도움으로 그는 수유리의 초등학교 근처에 세 평짜리 자전거포를 열었다. 코흘리개들의 자전거 펑크를 때우는 일을 했던 그는 한 남자의 자전거를 고쳐 준 것이 계기가 되어 폭식 광대의 길로 들어섰다. 그가 자전거를 고친 뒤 배달되어 온 자장면을 30초 만에 먹어 치우는 것을 본 남자는 폭식 광대의 엄청난 식성과 속도에 놀라고 말았다. 바로 그가 폭식 광대를 처음으로 TV에 출연시킨 모 방송국의 프로듀서였다. 이렇게 그는 한순간의 TV 출연으로 이 모든 사건의 주인공이 되었다고 말하며 수줍게 웃었다. '이렇게 먹어도 살찌지 않는 이유가 뭡니까?' 사람들의 질문에 그는 '어린 시절에 밥을 덜 먹어서'라고 재치 있게 대답하였다.

"폭식의 비결이 뭡니까?"

"마치 영성체 의식과도 같습니다. 씹는 것보다 삼키는 데 더 의의를 두면 음식물과 영적인 교류를 할 수 있습니다."

사람들은 정형화된 답변을 원하고 있었다. 현실적이면서 동시에 삶의 희망을 안겨 줄 수 있는 답변. 거기에 신파적인 내용이면 더 좋았다. 사람들의 질문에는 이미 스스로 듣고 싶어 하는 답이 들어 있었다.

"그렇다면 폭식 광대로 살면서 가장 힘든 일은 무엇입니까?"

한 관객이 마지막으로 질문을 던졌다. 이에 폭식 광대는 사람들의 희망을 배반하는 답변을 했다.

"매일 토해야 하는 것입니다."

차라리 그는 없다고 했어야 했다. 만일 폭식 광대가 '하지만 저를 봐 주기 위해 멀리서 와 주시는 분들 때문에 희망과 용기를 갖고 다시 폭식에 도전하려 합니다.'라는 식의 겉치레 섞인 말이라도 덧붙였다면 사람들은 웃어 넘겼을 것이다. 그러나 그런 말을 할 만큼 그는 영악하지 못했다. 사회자가 농담 섞인 말로 강연을 끝내지 않았다면 사람들은 돌아가는 내내 찜찜했을 것이다.

그날 집으로 돌아온 폭식 광대는 변기를 붙잡고 울음이 그칠 때까지 모든 음식물을 토해 냈다. 사과 껍질과 계란 노른자 찌꺼기, 참치 가시, 시금치 등이 분노하듯 토해져 나왔다. 이렇게나 많이 먹었던가 하고 그는 의아해했다. 그는 매일 아침, 저녁으로 이렇게 구토를 했다. 변기 앞에 무릎을 꿇고 앉아 있는 모습이 마치 의식처럼 생각되기도 했다. 만일 구토가 안 나오면 가운뎃손가락을 넣어 억지로라도 토했다. 그렇게 온몸이 뒤집히듯 구토를 하다 보면 자신도 모르게 똥을 지리기도 했다. 어떤 날은 하루 종일 노인용 기저귀를 차고 다녀야 했는데 그마저 두 시간이면 변이 가득 차 버렸다. 양이 많은 날은 아예 화장실에서 일을 처리하기도 하였다. TV를 볼 때도, 책을 읽을 때도, 밥을 먹을 때도, 심지어 잠을 잘 때도 양변기에 그는 앉아 있었다. 어느새 그의 소화기관은 소화가 아닌 저장 기관으로 변질되었다. 음식은 그의 몸에 잠시 머물렀다 야속하게 떠나 버리곤 하였다. 하지만 그는 이런 삶에 대해 그저 몸이 조금 힘들다고 여길 뿐이었다. 이런 과정을 거치지 않으면 그는 더 많이 먹을 수가 없었다. 구토와 배변 의식 후에는 기도를 했다. 그렇게 하지 않고는 뜻 모를 죄책감에 잠을 이룰 수 없었기 때문이다.

'오늘 무서운 경험을 했습니다. 자, 보십시오. 이 토사물들을. 이게 바로 제가 무서움을 느끼는 이유입니다. 어린 시절, 밥이 먹고 싶어 김이 모락모락 나는 밥통에 조그만 손을 집어넣던 저는 잊어 주십시오. 이제 저는 한 마리의 먹는 괴물이 되어 먹고 또 이렇게 토해 냅니다. 이렇게 뱉어 내는 동안 저는 아무것도 먹지 않은 존재가 되었습니다. 그러나 제 입술과 식도와 위와 기타 소화기관들은 얼마나 고통받고 있을까요? 간혹 무서움에 대해 떠올립니다. 저를 바라보는 시선들. 아니 그것은 별로 무섭지 않습니다. 정말로 무서운 것은 왜 먹는지조차 모른 채 허겁지겁 먹어 대는 제 자신은 아닌지……. 동기야 어떻든 저는 먹지 않으면 쓰러지는 자전거로 변해 버렸습니다. 그로 인해 인간성마저 저버린 저를 용서해 주십시오.'

폭주 기관차처럼 내달리던 폭식 광대 신드롬이 갑자기 멈춰 선 것은 '잠 안 자고 먹기 대회' 소동 때문이었다. 그도 그 대회를 TV로 지켜봤다. 그런데 한 참가자가 떡을 먹다 목에 걸리는 바람에 응급실에 실려 가는 일이 벌어졌다. 대회를 주최한 대형 식품 회사와 주관 방송사는 그 일로 언론과 대중의 질타를 받아야 했다. 폭식 광대는 그 일을 어떻게 생각하느냐는 질문을 받았다. 아무 상관도 없는 그로서는 할 말이 없었다. 그래서 '할 말이 없습니다'라고 했을 뿐인데 다음 날 기사에는 '폭식 광대, 잠 안 자고 먹기 대회 사태에 대한 책임감 느끼고 자숙할 것'이라는 기사가 떴다. 그러나 폭식 광대는 그 기사를 보지 못했다. 을왕리 해수욕장에서 열린 조개구이 빨리 먹기 대회의 이벤트 행사에 참가하느라 바빴기 때문이다. 그날 243개 바구니에 가득 담긴 조개를 먹어 치우고 올라오는 길에 그는 갑자기 속이 허한 기분이 들었다. 아직 아무것도 토해 내지 않았는데 어쩐지 배가 꺼진 기분이었다. 그는 매니저에게 초코바 20개만 사다 달라고 부탁했다. 매니저가 근처 휴게소에서 사 온 초코바를 입에 문 폭식 광대는 그만 시큰둥한 기분이 들고 말았다. 초코바에서 역한 냄새가 났던 것이다. 그는 헛구역질만 몇 번 하다가 결국 초코바를 차창 밖으로 던져 버리고 말았다. 집으로 돌아온 그는 밤새 구토와 설사 때문에 잠을 이루지 못했다. 입을 씻어 내려고 해봤지만 칫솔이 입에 들어갈 때마다 온몸이 뒤집힐 듯 구토가 나올 뿐이었다. 다음 날 아침 일어나자마자 관장약을 먹었다가 속만 버리고 병원에서 링거까지 맞아야 했다. 어느덧 수저로 밥을 뜨는 일조차 낯설어지고 말았다. 마치 재활 치료 환자처럼 식탁 앞에 앉아 숟가락 들기를 수차례 반복했지만 실패였다. 밥을 먹으려고 숟가락을 입으로 가져갈라 치면 어느새 수저와 입은 N극끼리 마주한 자석처럼 서로를 튕겨 내고 말았다. 그러나 그는 포기하지 않았다. 아주 간단한 일이었다. 아기도 할 수 있는 일이었다.

1. 숟가락을 쥔다.
2. 숟가락을 입에 가져간다.
3. 입을 벌린다.
4. 목으로 음식물을 넘긴다.

그런데 꼭 3번과 4번이 헷갈려 말썽이었다. 아무래도 4번이 3번보다 먼저라고 생각되고 마는 것이었다. 목으로 음식물을 넘긴 다음에 입을 벌리면 왜 먹을 수 없을까, 하는 의문이 들었다. 국물이 질질 흘러 바짓가랑이를 적실 때면 후회가 된다. 그러나 왜 그렇게 되고 마는 것인지 그는 이해가 가지 않았다. 그러니 그는 실패에 소속되어 버리고 말았다. 그는 한편으로 먹는 것은 인간의 가장 원초적인 욕망인데 너무 계획적으로 먹으려 하지 않았나 반성하게 되었다. 동물은 먹기 위해 계획하지 않는다. 그래서 그도 계획 따위는 세우지 않기로 하였다. 먹는 계획을 세우지 않는 것이 그의 계획이었다. 그는 아무 보람 없이 헛되이 삶을 이어 가느니 차라리 옥쇄(玉碎)를 하는 편이 낫다고 생각했다. 그렇다고 정말로 옥처럼 산산조각 나겠다는 뜻은 아니었다. 그는 음식에 대한 탐욕을 점차 줄여 나가기 시작했다. 포유류가 할 수 있는 퍽 드문 결정이었다.

매니저는 쉽게 눈치 챘다. 그가 밥 먹는 속도나 양이 현저히 줄고 있었던 것이다. 그러나 신기한 것은 폭식 광대의 몸무게였다. 그의 몸무게는 오히려 늘어나고 있었다. 한때 38킬로그램이었던 그의 몸무게는 일주일 새에 48킬로그램으로 늘어났다. 매니저는 좀 약삭빠른 데가 있어서 겉으로는 그에게 폭식을 강요하지 않는 척했지만, 폭식 광대가 무리해서 음식을 먹는 것을 굳이 말리지는 않았다. 만일 폭식 광대가 멈추면 모든 역사가 멈추는 것이다. 그는 폭식 광대가 여기서 기록 경신을 멈춰서는 안 된다고 생각했다. 폭식 광대는 매니저의 은근한 유혹과 사람들의 기대를 완전히 저버릴 수 없었다.

그러던 어느 날, 〈이제 한식도 한류다! 한식의 세계화를 위한 제1회 코리안 푸드 쇼〉라는 생중계 오락 프로그램에서 초청이 왔다. 한미 교류를 위한 이벤트인데, 이번에 미국에서 온 대식가와 대결을 준비하고 있다는 것이었다. 그는 전미 피자 먹기 분야에서 기네스 기록을 갖고 있는 챔피언이었다. 방송국 앞에는 이 두 사람의 대결을 구경하고 싶어 하는 사람들로 장사진을 이뤘다. 장내에 들어가지 못한 사람에게 암표를 파는 사람이 등장하는가 하면, 일부에서는 전문 도박꾼들이 이번 승부에 대해 거액의 내기를 걸기도 하였다. 그야말로 뭔가에 광분할 준비가 되어 있는 사람들에게 이보다 더 원색적이고 악질적인 흥밋거리는 없었다. 팬들은 '토할 때까지 먹어라! 죽을 때까지 토해라!' '빵이 없으면 고기를!' 등이 적힌 플래카

드를 들고 열광할 준비를 하고 있었다. 그들에게는 미칠 대상이 필요했다.

"시합에 임하기 전에 각오 한 말씀 부탁합니다."

"닥치는 대로 흡입하겠습니다!"

미국의 먹기 대회 챔피언이 대답했다. 이어 폭식 광대에게도 마이크가 돌아왔다.

"좀 길게 말해도 될까요?"

폭식 광대가 말했다.

"어쩌면…… 다 먹은 뒤에는 말할 수 없게 될지 몰라서."

"예, 얼마든지요."

폭식 광대가 마이크를 받은 뒤 청중을 둘러보았다.

"세상에는 저를 우스꽝스럽게 보는 시선들이 있습니다. 사람들은 저를 통해 자신들의 내면의 악마를 마주하는 듯합니다. 하지만 저는 음식을 먹고 있노라면, 사람들이 안고 있는 고민들, 즉 자신의 탐욕스러움, 사회에 대한 불복종, 무조건적인 의지 등과 같은 추한 기분 따위를 느낄 겨를이 없습니다. 오히려 이 연극적이고 악마적인 행위를 보이게 함으로써 저는 잠시 잠깐이나마 그런 고민에서 탈출할 수 있는 것이죠. 사람들은 저를 보고 죄책감을 느끼고, 저는 그런 그들을 보고 이 죄책감을 건너뛸 수 있는 것입니다. 즉, 저는 이 행위를 하고 있음을 남에게 알림으로써, 이 행위 자체의 부도덕함, 부조리, 비인간성에 대한 인식과 자각을 남에게 떠넘기고 있는 것입니다. 저는 그들의 등 뒤에서 그들의 그림자가 되어 그 모습을 지켜보는 것입니다. 그러므로 우리는 서로의 거울이나 다를 바가 없습니다. 그럼에도 불구하고, 저는 먹는 것을 포기할 수 없습니다. 만일 제가 먹는 것을 거부하여, 이것이 이러저러한 형태로 배설된다면 아주 무서운 효력을 발휘할 것입니다."

여기저기서 박수가 쏟아졌다. 그 소리를 들으며 그는 밑에서 신물이 올라오는 것을 느꼈다.

"저는 이를 막기 위해 기꺼이 여러분을 위한 탐욕의 악마가 되겠습니다. 저의 희생이 여러분의 행복에 도움이 될 수만 있다면."

인터뷰가 진행되는 동안 한식을 대표하는 먹거리들이 차례로 등장했다. 수정과, 식혜, 신선로, 보쌈, 갈비, 잡채, 궁중 떡갈비 등등이 나오자, 미국인은 입맛을 다셨다. 주최 측에서 퓨전 한식을 몇 개 선보이긴 했지만 다분히 미국인에게는 불리한 조건이었다. 그러나 그러한 우려에도 불구하고, 그는 긴 젓가락으로 고기 산적 하나를 집어 먹은 이후, 그야말로 청소기처럼 음식을 빨아들이기 시작했다. 그 속도가 너무 빨라, 주최 측은 미리 대기하고 있던 안전 요원들과 소방대원들에게 인원을 추가해 달라고 요청할 정도였다.

폭식 광대 역시 그에 질세라 음식을 마구 먹기 시작했다. 미국인이 청소기처럼 우악스러운 모습이었다면, 폭식 광대는 거대한 빨대처럼 유연하게 음식을 빨아들였다. 그는 이제 폭식에 있어서만큼은 어느 경지에 올라선 상태였다. 초창기만 하더라도 그는 훔치듯이 음식을 먹었고 사람들도 그걸 알았다. 그러나 이제 그는 남들이 눈치 채지 못할 정도로 너무 쉽게 음식을 삼켜 버렸다. 점점 얼굴이 발그레해지는 미국인과 달리, 그는 표정 하나 변하지 않고 모든 음식을 묵처럼 넘겨 버렸다. 사람들은 그 모습을 신기해했고, 폭식 광대 쪽에 붙어 서 있던 보디가드들도 하나, 둘 미국인 쪽으로 옮겨 붙었다.

이미 30킬로그램 가까운 음식을 해치우고 있던 미국인의 발목을 붙잡은 것은 땅콩이었다. 그는 시합 전 요리 총책임자에게 땅콩 알레르기가 있으니 땅콩은 반드시 빼 달라고 신신당부했었다. 그러나 수습 직원 하나가 실수로 샐러드 위에 땅콩 부스러기를 뿌려 둔 것을 아무도 몰랐던 것이다. 마침내 이 180킬로그램의 거구는 '오, 마이 갓!'을 외치며 온몸에 붉은 반점을 내며 쓰러졌다. 그를 일으켜 들것에 태우는 데만 해도 장정 5명이 거들어야 했다. 소동 때문에 기록 계원이 잠시 초시계를 멈추었다. 이제 폭식 광대 혼자만의 싸움이었다. 프로듀서의 지휘로 게임이 재진행되고 초시계는 다시 카운트를 시작했다.

그때만 해도 그는 자신이 위험한 상태라는 것을 잘 모르고 있었다. 이제 남은 갈비탕 한 그릇만 먹으면 모든 것이 끝날 터였다. 그런데 갈비탕을 삼키는 순간이 아까 먹은 잔치국수 한 가닥이 폭식 광대의 코에서 흘러나오기 시작했다. 국수와의 악연이었다. 그는 그것을 코로 다시 빨아들이려 했으나 이미 늦고 말았다. 국수가 왼쪽 귀로 튀어나오기 시작한 것이다. 사람들은 숨을 죽이며 국수가 스멀스멀 기어 나오는 것을 바라보았다. 미국인이 쓰러졌을 때도 능수능란하게 위기를 모면했던 베테랑 사회자도 이번만큼은 말을 잇지 못했다.

'토할 것 같아.'

폭식 광대는 숨을 쉬고 싶었다. 성장하는 나무처럼 숨을 쉬고 또 빨아들이고 싶었다. 그러나 숨을 쉬려고 하면 구토가 나올 것만 같았다. 이 기다란 국수가 튀어나오고 나면 무슨 일이 일어날지 몰라서 그는 숨을 꾹 참고 있었다. 그러나 그 순간은 오래 가지 않았다. 그는 참았으나 국수는 참지 못했다. 마침내 국수가 귀에서 튀어나온 이후, 그의 몸에 있는 구멍 여기저기에서 온갖 배설물들이 나오기 시작했다. 입, 콧구멍, 항문 할 것 없이 쏟아졌다.

폭식 광대의 붕괴를 목격한 시청자들이 채널을 돌리는 것은 당연했다. 그들은 TV를 통해 환상과 사랑을 목격하고 싶지, 환멸과 몰락을 보고 싶지는 않았다. 점차 폭식 광대에 대한 동정론과 함께 방송국과 그의 매니저에 대한 비난이 쏟아졌다. 일각에서는 그에게 구토 귀신이라는 별명을 붙여 주기도 하였다. 그가 느꼈을 공포감에 공감하기보다는, 그러한 공포를 겪은 그에 대해 공포를 느꼈기 때문이었다. 그의 창조적 음식 흡입 방식은 악마를 연상케 하는 것이 있었다. 불안함이라는 칼을 마음에 벼려 가며 그를 응원했던 사람들은 그에게서 공포스런 면모를 확인하자마자 그 칼을 꺼내 그를 무처럼 마구 베고 자르고 다져 버리기 시작했다.

한때 사람들에게 신선함을 안겼던 그는 사람들로부터 한없이 격리되어 갔다. 그를 먼 거리에서 놓고 보려는 사람들도 점차 생겨났다. 같은 인간에게 먹는 것을 강요할 수 없다는 동정론도 쏟아졌다. 그를 지금껏 괴물 취급해 온 우리 자신부터 반성해야 한다는 옹호론도 따라붙었다. 그러나 세간의 이러저러한 말들로 폭식 광대는 위로가 되지 않았다. 그에 대한 대중의 애정이 차갑게 식으면서 그의 몸을 가득 채우던 에너지들도 점차 식어 갔다.

한때 먹기 위해 살았던 그는 이제 토하지 않기 위해 살기 시작했다. 최소한의 삶을 위해 항문을 제외한 육체의 모든 구멍을 막으려는 시도를 했다. 그러자니 매일 화장실에 갇혀 지내야 했다. 변기 위에 앉아 그는 양치질부터 목욕, 식사, 독서, TV 시청, 심지어 잠까지 해결했다. 그의 몸은 전보다 신진대사가 약해졌고 몸이 붓는 것처럼 점점 더 살이 찌기 시작했다. 구토를 하면 할수록 살이 찌고 마는 아이러니컬한 상황이 벌어졌다. 어떨 때는 강장동물처럼 점심 때 먹은 방울토마토가 모양 하나 상하지 않고 그대로 쭉 빠져나온 적도 있었다. 무엇을 먹는 행위는 무엇을 뱉는 행위로 이어지게 마련이지만 그의 몸은 유형의 음식이 잠깐 머물렀다 나가는 곳이 되어 버리고 말았다.

그는 집 안에 틀어박히고 말았다. 매니저가 계약 위반으로 그를 고소하려 하자, 폭식 광대는 재산의 절반을 떼어 주다시피 하여 매니저와 화해했다. 이것은 그가 철저히 고립되기 위한 포석이었다. 그는 문 안으로 들어가 다시는 나오지 않았다. 그는 웃음을 잃어 갔다. 우편함엔 안 읽은 편지가 10센티미터 넘게 쌓였고, 먹기 대회 협회에서도 의례적으로 발송하던 월간지를 보내오지 않았다. 세상 사람들은 더 이상 그를 찾지 않았다. 심지어 여호와의 증인들조차도. 아이들은 더 이상 폭식 광대 열쇠고리를 가방에 매달고 다니지 않았고, 젊은 여자들은 다시 원래대로 다이어트에 매달렸다. 사람들은 그가 고도 비만으로 요절했다고 생각했다. 그는 매일 우울했고, 조금이라도 기분이 좋아질라치면 우울한 생각을 하였다. 오늘이 어제보다 조금이라도 덜 우울해진 것 같다면 더 우울해지려고 노력하고, 내일은 오늘보다 더욱더 우울해지자고 다짐하는 것으로 우우우우우우우우우우울한 기분을 연장시켰다. 그는 예전보다 정신이 조금 더 흐려진 것을 느꼈다. 매일 밤 잠들기 전 떠올리는 것은 과거의 화려한 경험과 상관없는 환각적인 이미지들에 불과했다.

"자, 여러분! 오늘은 폭식 광대가 추상적인 것에 도전합니다!"

사회자가 외치면 그는 무대 위로 올라선다. 그리고 '개념'을 먹어 치우기 시작한다. 우울함을, 짜증을, 행복을 먹어 치우기 시작한다. 그가 의미를 먹어 치울 때마다 세상에서 그 개념들이 사라져 버린다. 사람들은 다시 그가 부활했다며 열광한다……. 그가 먹는 것은 과거의 화려했던 영광, 기억, 그리고 사람들의 환호성이었다. 그러다 눈을 뜨고 나면 먹기 대회에서 본인이 먹었던 살 오른 고래 살 같은 육체가 그를 기다리고 있었다. 그는 산악용 지팡이 없이는 버틸 수 없는 190킬로그램짜리 뚱보가 되고 말았다. 구토를 할 때마다 살이 더 찌고 만다는 것 외에 그는 다른 뚱보들과 별로 다를 바가 없는 범속한 존재가 된 것이다. 사람들은 그를 방치했고, 그도 사람들이 자신을 방치하게 내버려 두었다. 그는 밤마다 오징어 다리를 문 채로 어린애처럼 잠들었다.

그는 아이들과 함께 자전거를 타는 꿈을 자주 꿨다. 그는 정말로 아이들이 보고 싶었다. 아이들은 그가 고쳐 준 자전거를 타고 신나게 동네를 돌아다녔다. 그가 고아원에 있을 때도 친구들은 그를 잘 따랐다. 그는 마술처럼 온갖 망가진 것들을 다 고쳐 냈다. 변변한 기술도, 자격증도 없는 그에게 선배가 자전거포를 선뜻 빌려 준 것도 그의 손기술을 믿은 덕분이었다. 긁힌 자국으로 가득했던 손톱 끝은 살에 잡아 먹혀 보이지도 않게 되었다. 매일 TV를 보며 자기보다 뚱뚱한 사람들을 비웃으며 그는 소파에 파묻혀 있었다. 밥은 1주일에 한 끼밖에 먹지 않았으며 배설은 하루에 세 번씩 했다. 어찌 보면 사람들과 정반대의 생활을 하게 된 것이지만, 그는 그러한 상태가 심각하다고 여기지 않았다. 가끔 사회복지사나 복지 단체가 문을 두드릴 때도 있었지만 그는 언제나 집에 없는 척하였다. 밖에서는 '폭식 광대 실종 138일째! 목격자 최후 증언' 따위의 보도가 흘러나오고 있었지만 그는 전혀 알지 못하였다. 그의 삶은 꿈, 밥, TV로 압축되어 갔다. 불행은 미끄럼틀과도 같아서 한 번 잘못 올라타면 쭉 미끄러지게 마련이다. 그는 자신이 그 미끄럼틀에 타고 있다는 사실을 어렴풋이 깨달았다.

얼마 후, 그가 사는 아파트 관리사무소에 민원 하나가 접수되었다. 벽이 흐물흐물해지고 있다는 아이의 말이었다. 관리소장은 장난 전화라고 생각하고 넘겼다. 곧이어 바닥에 균열이 가기 시작했다는 다른 집 할머니의 전화가 왔다. 원래 할머니들은 착각을 잘 한다고 생각하며 소장은 이번에도 그냥 넘어갔다. 그날 새벽 집 천장이 무너졌다는 전화를 관리소에 걸어온 사람은 119 구조대원이었다. 아파트 한 동 전체에 균열이 가고 있다는 내용이었다. 그 사건은 정오 뉴스부터 일제히 보도되기 시작했다. 아파트 한 동이 무너지기 직전이어서 사람들이 새벽에 대피 소동을 벌였다는 내용이었다.

그 시각 폭식 광대의 아파트에서는 애드벌룬 하나가 부풀어 오르고 있었다. 공기 주입구가 없는 풍선이었다. 폭식 광대는 자신이 부풀어 오르고 있다는 사실을 몰랐다. 그저 몸이 좀 가벼워졌구나 하고 느낄 뿐이었다. 그가 이상 기운을 느낀 것은 그의 몸이 옆집을 뚫고 나가면서부터였다. 속에서 뭔가가 그를 바깥으로 밀어제쳤는데, 어느새 그의 뱃살은 옆집의 거실 식탁을 덮치고 있었다. 밥을 먹던 사람들은 지진이 난 줄 알고 허겁지겁 대피하기 시작했다. 그는 이렇게 점차 몸집을 불려서 다음 집, 그다음 집으로 계속 전진해 갔다. 무척이나 빠른 속도였음에도 불구하고 그는 피부를 약간 긁힌 것 외에 멀쩡했다. 그의 체내 조직들은 이상적인 세포 분열을 하며 폭발적으로 성장하고 있었다. 그는 세포벽이 없는 동물이었다. 따라서 그의 조직은 유동적으로 움직였고 세포의 성장은 한계가 없었다. 세포들은 10일 간격으로 끊임없이 분열하며 성장과 증식과 전이를 거듭했다. 세포의 성장 속도는 점차 빨라져 위아래 옆 할 것 없이 쭉쭉 커 갔다. 그의 팔과 다리는 나무의 옹이처럼, 손톱은 두더지 발톱처럼 변했다. 그는 닭고기 11마리를 먹어 치우던 것과 같은 속도와 박력으로 점점 커지고 있었다.

그가 살던 15층짜리 아파트는 그 무게를 견디지 못하고 30분가량 넘어지기 직전의 위태로운 상태에 있다가, 오후 2시 40분에 마침내 무너지고 말았다. 그 바람에 30여 명의 사상자가 났고, 8명은 무너진 콘크리트 밑에 깔려 하수도로 연명하다가 48시간 만에 구조되었으며, 마지막에 구출된 한 소년이 콜라가 먹고 싶다고 한 바람에 한 주간 콜라 매출이 급격히 오르기도 했다.

폭식 광대는 이 모든 일이 이해가 가지 않았다. 그는 다른 인간들과 똑같이 먹고 자고 마시고 했다. 다만 남들보다 조금 더 많이 먹었을 뿐인데 그는 사랑받았고 또 남들보다 조금 더 토했을 뿐인데 버려지고 말았다. 이제 남들보다 조금 자랐을 뿐인데 그는 사람들의 몸과 마음을 할퀴는 존재가 되어 버리고 말았다. 폭식 광대는 차라리 아무것도 먹지 않았지만 행복했던 어린 시절로 돌아가고 싶었다. 그러나 다시 돌아가기에 그는 너무 많이 자라 있었다.

그 무렵 암 없는 건강한 사회 만들기 실천 협의회가 실시한 '암 없는 사회 만들기를 위한 제1회 전국 어린이 백일장 및 사생대회'를 열었을 때, 참가한 아이들 대부분이 암세포를 폭식 광대의 얼굴로 의인화해서 사람들에게 충격을 주었다. 물론 혹, 돼지, 변기, 괴물 등으로 표현한 아이들도 있었으나, 이 역시 암을 의인화한 폭식 광대를 의인화한 작품들이었다.

그를 사살해 달라는 민원도 속출했다. 얼마 후 사람들 사이에서 그를 사살할 것인가, 생포할 것인가에 대한 찬반양론이 팽팽히 맞섰다. 나라와 국토를 사랑하는 재향군인회는 국군의 날에 폭식 광대 얼굴이 그려진 부채를 불태우는 퍼포먼스를 벌이며 그를 즉각 사살할 것을 주장했으며, 유네스코 산하의 청소년 인권 단체는 세계 각지에서 무차별로 포획당하고 있는 멸종 위기 동물들 사진을 전시하며 폭식 광대 사살에 대한 반대 입장을 우회적으로 표현하기도 했다.

이 문제에 대한 TV 토론이 열렸을 때, 한때 폭식 광대를 혹독하게 비난한 바 있는 암 전문의가 나왔다. 폭식 광대를 사살

하는 대신 생포하라는 내용의 칼럼을 신문에 기고해서 토론회에 초청된 것이었다. 그는 처음에는 폭식 광대를 두둔하는 것처럼 애매한 논조로 발언을 시작했다. 이런 폭식 괴물을 키워낸 것은 우리 모두의 잘못이다, 광적인 쇼에 매달린 사람들이 자신들의 어리석음을 자각하지 못했고, 또 폭식에 대해 충분히 경고하지 못한 정부, 사회의 책임이 크다, 나 또한 반성하고 있다, 라는 식이었다. 본론은 그다음에 있었다.

"개인적으로 저도 대장암 4기에서 기적적으로 생환한 바가 있기에 폭식이 얼마나 야만적인 행위인지 너무나 잘 알고 있습니다. 그래서 이미 수차례 경고했습니다만 효과가 없었습니다.

결론부터 말씀드리자면, 그는 '인간 암'이라 할 수 있습니다. 그는 성장과 증식과 전이라는 특이한 징후를 보입니다. 암의 전형적인 특징이죠. 잘 아시다시피 암은 비정상적으로 분열을 거듭하고 다른 부위로 전이되어 결국 숙주, 즉 인간을 죽게 하는 특징을 지닙니다. 독성 물질이 체내로 들어가면 조직 내에서 수용성 물질로 바뀝니다. 이것은 인간이 이물질을 해독해 체외로 배출하려는 자연스러운 행위죠. 그러나 이 과정 중 훨씬 더 독성이 강하고 반응력 좋은 화학물질이 생김으로써 인간은 스스로 치명적인 독성 물질을 만들어 내게 됩니다. 이 화학물질은 체내의 고분자물질과 결합하여 DNA를 변형시키고 여러 차례의 형질 전환 끝에 암이 발생되게 되는 것입니다. 바로 이와 같은 방식으로 저 인간 암은 순식간에 자라나

이 도시를 장악하고 말 것입니다. 좀 과장하자면 인류가 멸망하는 사태에 이를지도 모릅니다.

항간에는 인간 암을 죽이자는 의견도 있더군요. 하지만 암은 끊임없이 재생되는 속성이 있습니다. 하나의 암을 죽여도, 다른 곳에서 또 암은 생겨납니다. 이것을 완전히 근절하기 위해 저는 아주 좋은 아이디어를 하나 생각해 냈습니다. 바로 그의 몸에 콘크리트를 부어 버리는 것입니다. 콘크리트는 방사성 물질을 차단할 때도 아주 요긴하게 쓰입니다. 현재로서 그는 방사성보다 더 예측불가능하기 때문에 위험성도 더 높다고 할 수 있습니다. 콘크리트밖에는 대안이 없습니다. 콘크리트 10톤만 있으면 가능한 일입니다!"

그의 말을 들은 상대 패널은 이미 콘크리트 벽을 파괴한 괴물을 무슨 수로 막느냐고 비판했다. 또 콘크리트 작업은 수일이 걸리지도 모르고 예산 낭비라는 지적도 나왔다. 특별히 다른 대안도 없이 끝난 토론회에서 콘크리트 이야기는 사람들의 마음을 자극하기에 충분했다. 폭식 광대 문제와 관련해 시(市)는 그를 사살할 것인가, 생포할 것인가에 관한 주민투표를 실시했으나, 참여 인원 미달로 개표도 해 보지 못한 채 해프닝으로 끝나고 말았다. 주민투표가 무산되자, 그에 대한 반동으로 콘크리트 투하 작업을 하는 편이 낫다는 여론이 확산되었다. 6개월여의 무수한 논의 끝에 마침내 콘크리트 투하가 결정되었다.

콘크리트 투하 작전이 실시되던 날, 지상에는 레미콘 차가 아직 굳지 않은 콘크리트를 가득 실은 채 돌아다녔고, 공중에는 콘크리트를 끌어 올릴 거대한 크레인이 설치되었다. 크레인 위에는 소방대원과 경찰대원들이 10대의 헬기에 실을 콘크리트 탱크의 최종 점검을 마친 뒤 명령을 기다리고 있었다.

"실시!"

작전 명령과 함께 걸쭉한 콘크리트가 폭식 광대의 몸 위에 쏟아지기 시작했다. 그러자 콘크리트 벽을 깨부수며 엄청나게 성장하던 기세는 온데간데없이 폭식 광대의 몸은 그 자리에서 굳어지기 시작했다. 그 광경을 지켜보던 사람들은 환호하기 시작했다. 몇 몇은 저것은 임시방편일 뿐, 언젠가 저 콘크리트 덩어리가 깨지거나 부서지면 더 큰 사태가 올 것이라고 걱정하였다. 그사이 사람들은 잊고 있었다. 거기 절규하는 한 사람이 있었다는 것을.

폭식 광대는 한때 애무하듯 먹던 고래 고기처럼, 후루룩 삼키던 잔치국수처럼, 우적우적 껍데기째 씹었던 대게 47마리처럼 모래와 자갈, 골재와 기포가 섞인 그 콘크리트 후르츠 칵테일 주스를 벌컥벌컥 들이켰다. 그는 콘크리트를 씹지 않고 삼켰다. 마치 영성체 의식이라도 하듯이.

그는 마지막으로 기도 섞인 유언을 남기고 싶었다.

'그간 제 육체를 가지고 극한의 실험을 했습니다. 그러나 내가 불임의 동물이라는 것 말고는 아무것도 얻은 게 없습니다. 식물은 물과 영양분을 먹고 뿌리와 가지를 만들어 내지만, 저

는 아무것도 만들어 낼 수 없습니다. 총체적인 성장의 한계에 다다른 동물은 고사하고 맙니다.'

그러나 사람들이 들은 것은 악취 섞인 사자후였다.

ㄲㅇㅇㅇㅇㅇㅇㅇㅇ—윽…… ㄲ ㅇㅇㅇㅇㅇㅇㅇㅇ—윽…….

그것은 장장 11분 52초간 계속되었다.

그는 외쳤다. …… 여기 사람이 있어요 …… 사람이 여기에……. 그러나 사람들의 마음에 가닿기에는 지나치게 나지막하고 음울한 목청의 울부짖음이었다. ㄲㅇㅇㅇㅇㅇㅇㅇㅇ—윽……. 사자후를 토해 낸 폭식 광대는 마지막으로 입술을 핥았다. 무거운 혀가 그의 입술에 회색빛 콘크리트 수염을 만들어 놓았다. 그는 점차 편안해졌다. 그의 동공은 빛을 잃어 가고 심장은 점차 굳어 갔다. 먹으면 매우 졸리는 마법의 약을 먹은 것 같았다. 시간은 치즈처럼 한껏 늘어지고 사물은 딱딱한 자석 바둑판 위에 고정된 돌처럼 무미건조해졌다. 그는 붕괴하고 있었다. 한 시대가 쓰러지고 있었다. 그는 자신이 어디에 서 있는지, 또 앞으로 어디에 누울 것인지 전혀 모르고 있었다.

나는 고독하다.

혀, 고래, 수프, 도둑과 실처럼…….

이리하여 콘크리트는 사람들의 불안과 두려움과 생명 하나를 덮는 데 성공했다.

몇 년 후 폭식 광대와 아파트가 철거된 그곳에는 '폭식 박물관'이라는 기념물이 세워졌다. 박물관 앞에는 '인류 최대의 식성을 자랑했던 한 남자, 여기에 잠들다'라는 청동 표지판과 입가에 우유가 묻은 채 웃고 있는 그의 청동 두상이 있었다.

이 건물은 폭식 광대 사건과 같은 불상사의 재발을 막고 시민들의 경각심을 높이려는 목적으로 시(市)가 지은 것이었다. 사람들은 주말마다 콘크리트를 튀김옷처럼 입고 있는 폭식 광대의 잔해를 보러 지하 2층, 지상 2층짜리 건물에 찾아왔다. 지상 2층에는 그의 내장과 살과 이와 발톱과 물결무늬 피부와 뼈들이 전시되어 있었다. 운이 좋으면 하루 세 번 스피커로 들려 주는 마지막 사자후와 큐레이터의 무료 해설을 들을 수 있었다. 또한 지상 1층에는 삼엽충 화석처럼 콘크리트에 찍힌 채 남아 있는 음식물의 흔적들이, 지하 1층에는 폭식 광대를 모델로 삼은 다큐멘터리와 영화를 볼 수 있는 상영관을 비롯해, 그의 얼굴이 인쇄된 열쇠 고리, 부채, 팬시 문구를 살 수 있는 상점, 또 폭식 세트 A와 B를 맛볼 수 있는 레스토랑이 있었고, 지하 2층은 주차장이었다. 박물관은 아이들의 야외 견학장소 및 일본인 관광객의 모임 집합 장소로 쓰이며 이 지역의 명소가 되었다. 이로써 폭식 광대는 증식과 전이를 되풀이하며 영원한 생장에 성공하였다.

작가의 말

1. 13년

첫 번째 단편집이다. 나무늘보처럼 게으르면서도 집요하게 13년간 꿈틀댔다.

'어려운 일은 쉬울 때 하라.'

이것은 내 좌우명이자, 이 책이 빛을 보기까지 13년이나 걸려야 했던 이유이다.

2. '여기 사람이 있어요.'

재개발 아파트 건설로 인해 터전을 빼앗긴 어느 소시민의 인터뷰 한 마디가 『폭식 광대』를 탄생시켰다.

3. 마지막 장에 나오는 말,

나는 고독하다.
혀, 고래, 수프, 도둑과 실처럼…….

내가 쓴 소설의 문장들 중에 내가 가장 좋아하는 말이다.

끝으로,
한 인간의 고독한 기록을 세상에 뒤집어 꺼내 놓을 수 있게 도움을 주신 산지니 출판부에 감사의 인사를 전한다.

2017년 7월

수록작품 발표지면

광인을 위한 해학곡_『한국문학』 2007년 가을호

해파리_『계간 아시아』 2008년 가을호

구멍_『문학의 오늘』 2011년 겨울호

폭식 광대_『한국문학』 2011년 겨울호

권 리

1979년 서울 출생.

2004년 장편소설 『싸이코가 뜬다』로 등단했고

지금까지 다섯 권의 책을 냈다.

:: 산지니 · 해피북미디어가 펴낸 큰글씨책 ::

문학

보약과 상약 김소희 지음
우리들은 없어지지 않았어 이병철 산문집
닥터 아나키스트 정영인 지음
팔팔 끓고 나서 4분간 정우련 소설집
실금 하나 정정화 소설집
시로부터 최영철 산문집
베를린 육아 1년 남정미 지음
유방암이지만 비키니는 입고 싶어 미스킴라일락 지음
내가 선택한 일터, 싱가포르에서 임효진 지음
내일을 생각하는 오늘의 식탁 전혜연 지음
이렇게 웃고 살아도 되나 조혜원 지음
랑(전2권) 김문주 장편소설
데린쿠유(전2권) 안지숙 장편소설
볼리비아 우표(전2권) 강이라 소설집
마니석, 고요한 울림(전2권)
페마체덴 지음 | 김미헌 옮김
방마다 문이 열리고 최시은 소설집
해상화열전(전6권) 한방경 지음 | 김영옥 옮김
유산(전2권) 박정선 장편소설
신불산(전2권) 안재성 지음
나의 아버지 박판수(전2권) 안재성 지음
나는 장성택입니다(전2권) 정광모 소설집
우리들, 킴(전2권) 황은덕 소설집
거기서, 도란도란(전2권) 이상섭 팩션집
폭식광대 권리 소설집
생각하는 사람들(전2권) 정영선 장편소설
삼겹살(전2권) 정형남 장편소설
1980(전2권) 노재열 장편소설
물의 시간(전2권) 정영선 장편소설
나는 나(전2권) 가네코 후미코 옥중수기
토스쿠(전2권) 정광모 장편소설
가을의 유머 박정선 장편소설
붉은 등, 닫힌 문, 출구 없음(전2권) 김비 장편소설
편지 정태규 창작집
진경산수 정형남 소설집
노루똥 정형남 소설집
유마도(전2권) 강남주 장편소설
레드 아일랜드(전2권) 김유철 장편소설
화염의 탑(전2권) 후루카와 가오루 지음 | 조정민 옮김
감꽃 떨어질 때(전2권) 정형남 장편소설
칼춤(전2권) 김춘복 장편소설
목화-소설 문익점(전2권) 표성흠 장편소설
번개와 천둥(전2권) 이규정 장편소설
밤의 눈(전2권) 조갑상 장편소설
사할린(전5권) 이규정 현장취재 장편소설
테하차피의 달 조갑상 소설집
무위능력 김종목 시조집
금정산을 보냈다 최영철 시집

인문

엔딩 노트 이기숙 지음
시칠리아 풍경 아서 스탠리 리그스 지음 | 김희정 옮김
고종, 근대 지식을 읽다 윤지양 지음
골목상인 분투기 이정식 지음
다시 시월 1979 10 · 16부마항쟁연구소 엮음
중국 내셔널리즘 오노데라 시로 지음 | 김하림 옮김
파리의 독립운동가 서영해 정상천 지음
삼국유사, 바다를 만나다 정천구 지음
대한민국 명찰답사 33 한정갑 지음
효 사상과 불교 도웅스님 지음
지역에서 행복하게 출판하기 강수걸 외 지음
재미있는 사찰이야기 한정갑 지음
귀농, 참 좋다 장병윤 지음
당당한 안녕-죽음을 배우다 이기숙 지음
모녀5세대 이기숙 지음
한 권으로 읽는 중국문화 공봉진 · 이강인 · 조윤경 지음
차의 책 The Book of Tea
오카쿠라 텐신 지음 | 정천구 옮김
불교(佛敎)와 마음 황정원 지음
논어, 그 일상의 정치(전5권) 정천구 지음
중용, 어울림의 길(전3권) 정천구 지음
맹자, 시대를 찌르다(전5권) 정천구 지음
한비자, 난세의 통치학(전5권) 정천구 지음
대학, 정치를 배우다(전4권) 정천구 지음